D1874362

JOSEF HOLUB, geboren 1926 in Neuern im Böhmerwald, machte eine Ausbildung als Lehrer und Verwaltungswirt und arbeitete u.a. als Ziegeleiarbeiter, Briefträger und Oberamtsrat. Seine vielfach ausgezeichneten Kinder- und Jugendbücher wurden für den Deutschen Jugendliteraturpreis nominiert und erhielten bereits zweimal den Zürcher Kinderbuchpreis »La vache qui lit«.

Josef Holub

Der Russländer

Verlag Friedrich Oetinger · Hamburg

Josef Holub bei Oetinger

Der Russländer
Die Schmuggler von Rotzkalitz

© Verlag Friedrich Oetinger, Hamburg 2002
Alle Rechte vorbehalten
Einband von Katrin Engelking
Satz: Dörlemann Satz, Lemförde
Druck und Bindung: Pustet, Regensburg
Printed in Germany 2002
ISBN 3-7891-3711-1

www.oetinger.de

1 November achtzehnhundertelf.

Es ist noch Nacht, und der neue Tag dürfte kaum eine oder zwei Stunden alt sein. Ein tonnenschwerer Traum hat mich geweckt.

Es gibt manchmal so zwielichtige Träume. In denen fuhrwerkt der Teufel wie eine Wanze im Blutrausch herum. Sie drücken auf die Seele und reißen den Träumer ruckartig aus dem Schlaf.

Der Bauer hat mich eben mit seinem neuen Jagdgewehr mitten ins Herz geschossen. Trotzdem tut es nicht weh, und so merke ich schnell, dass der Schuss nicht echt, sondern eben nur die Gaukelei eines Traumes war. Deshalb bin ich auch nicht tot. Sonst hätte ich ja nicht aufwachen und dem irren nächtlichen Spuk hinterhersinnieren können. Damit es aber nicht den geringsten Zweifel über Leben oder Tod gibt, zwicke ich mich zur Probe kräftig in den Hintern. Gott sei Dank, ich spüre die Nägel. Der zwischen heiß und eiskalt liegende Schmerz ist ein untrüglicher Lebensbeweis. Dankbar hocke ich auf meinem Strohsack und atme erlöst die traumverdreckte Luft aus der Lunge.

Wie kommt nur solch ein Traum zustande? Wenn man das wüsste! Kein Mensch denkt doch an so etwas. Warum sollte der Bauer auf die Idee kommen, mich, seinen Jungknecht, ins Herz zu schießen? Aus Berechnung, aus Mordlust, aus Dummheit? Unmöglich! Und schon gar nicht mein Bauer! Der überlegt erst zweimal, bevor er einmal etwas tut. Er hat mich vor knapp drei Jahren als Jungknecht in seinen Dienst genommen. Ich bin zwar nicht besonders groß und stark, aber ich kann arbeiten und verstehe schon einiges von der Landwirtschaft. Es gibt überhaupt keinen Grund, mich zu erschießen.

Träume sind Schäume, sagt das Sprichwort. Nichtsnutzig und verrückt sind sie allemal und so wertlos wie taube Nüsse. Träume sollte man gleich wegschieben und vergessen, wenn sie ausgeträumt sind. Vorbei ist vorbei! Aber die alten, erfahrenen Leute denken da anders. Sie halten einiges von Träumen. Träume haben ihren Sinn, sagen sie, und sie sind nicht immer harmlos. Wer weiß denn, was sich in der seelischen Unterwelt des Menschen so alles abspielt? Lässt nicht ein Traum manchmal in die Zukunft gucken? Möglicherweise schleicht sich irgendein dahingegangener Ahne in den Schlaf ein, um seinen Enkel oder Urenkel vor bedrohlichen Stolperstellen des Lebens zu warnen. Vielleicht ist es so, vielleicht ist es nicht so, vielleicht ist es aber auch ganz anders. Weiß der Kuckuck, wie das mit den Träumen ist und was für einen Sinn sie haben. Wenn sie überhaupt einen Sinn haben!

Je länger ich überlege, umso ruhiger werde ich.

Blödsinn! Es war doch bloß ein Traum. Sonst nichts. Bald verlieren sich der Bauer und sein Gewehrschuss wieder im Halbschlaf. Vorsichtshalber fasse ich schnell noch einmal ans Herz. Nein, da ist kein Einschussloch und auch kein Schmerz. Nichts. Ich lege mich auf den Bauch und ziehe das linke Knie bis zum Nabel. Das ist meine beste Schlafstellung. So falle ich auch gleich in das gedankenlose Loch hinein, in dem jegliche Alltagsprobleme und Hirngespinste zumindest vorübergehend verloren gehen.

Aber die unbeschwerte Ruhe kommt nicht mehr. Hängen gebliebene Reste des alten Traumes geben das Futter für einen neuen. Und wieder ist der Bauer dabei.

Diesmal schießt er nicht, er rüttelt und schüttelt mich. Das tut er so rüde und rücksichtslos, dass meine Knochen scheppern und die Muskeln zucken. Ich rühre mich nicht. Was will ich auch gegen den Bauern ausrichten? Soll ich mich wehren? Das darf ich natürlich nie und nimmer! Den Bauern zurückstoßen? Nicht einmal im Schlaf! Der Bauer kommt ja gleich nach Gott und dem König. Ein paar Mal rüttelt der Bauer noch, schließlich packt er mich an den Schultern und zieht mich hoch.

»Bauer!«, stöhne ich. »Was gibt's? Was wollt Ihr von mir?«

Der Schlaf ist vorbei. Ich reibe mir die Augen sauber. Diesmal ist es anders als bei dem vorherigen Traum. Der Bauer löst sich nicht in nichts auf, sondern er bleibt. Leibhaftig hockt er gebückt neben dem Strohsack und schüttelt mich handfest und energisch wach.

»Aufstehen!«, befiehlt er.

Es ist finstere Nacht und die anderen Knechte schnarchen weiter. Warum muss ich als Einziger aufstehen? Nur ich!

Der Bauer will es! Sein Wille hat auf dem Hof zu geschehen! Selbstverständlich! Und sicherlich hat er auch einen Grund, warum er gerade mich, seinen Jungknecht, zu nächtlicher Stunde weckt.

»Ist was passiert?«, frage ich halb wach. »Kalbt die Olga schon?« Aber da fällt mir ein, dass die Olga nicht der Anlass sein kann. Sie ist ja erst in vier oder fünf Wochen mit dem Kalben dran. Und wenn sie jetzt kalbte, würde der Bauer nicht mich, sondern den Großknecht wecken.

»Wasch dich rundherum sauber und zieh dein Kirchtagsgewand an!«, befiehlt der Bauer. »Wir fahren in die Stadt!«

»In die Stadt?«

Habe ich richtig gehört? In die Stadt?

In die Stadt! Ein Schwall Freude stößt mich in die Brust. Was gibt es so Wichtiges, dass der Bauer mit mir in die Stadt fährt?

Da fällt es mir ein. Richtig! Vielleicht wegen meines Geburtstages? Der muss entweder heute oder morgen sein, möglicherweise war er auch schon gestern oder vorgestern. An einem von diesen Tagen müsste ich sechzehn Jahre alt werden oder geworden sein. Aber das ist sicherlich nicht der Grund.

»Und wer mistet den Stall?«, frage ich vorsichtig zurück.

»Was geht's dich an? Das lass meine Sorge sein!«

Da hat er Recht! Der Bauer hat immer Recht. Er kann den Stall misten lassen, von wem er will und wann er will. Er kann den Stall auch ungemistet lassen.

Die Bäuerin rumort in der Küche herum. Mit einem zerquälten Miesgesicht. Das hat sie oft. Vor allem morgens. Sie weiß natürlich nichts von meinem Geburtstag. Und deshalb gratuliert sie mir auch nicht. Sie würde ebenso wenig gratulieren, wenn sie ihn wüsste. Die Gratuliererei kennt man auf dem Bauernhof nicht. Im ganzen Dorf will niemand etwas von einem Geburtstag wissen. Zu was auch? Der Mensch wird geboren. Ob er will oder nicht. Besonders wichtig ist also das Geburtsdatum nicht. Wenn man nicht ein Prinz oder Grafensohn ist.

Der Milchtopf steht bereits auf dem Tisch. Gehorsam warte ich, bis der Bauer das Brot schneidet. Wie üblich!

»Mach es selbst!«, sagt die Bäuerin sanft.

Gleich geht die Welt unter!, befürchte ich. Oder hängt die Missachtung der Brotregel vielleicht doch mit meinem Geburtstag zusammen?

Irgendwas stimmt nicht! Selbstverständlich schneide ich eine ganz dicke Scheibe herunter. Sogar Butter darf ich streichen. Das tue ich ebenfalls ausgiebig. Die Bäuerin verdreht zwar die Augen in meine Richtung, aber sie keift nicht und tut auch sonst nichts dagegen.

»Iss nur!«, sagt sie. »Wer weiß, wann du wieder was in den Magen kriegst.«

»Bleiben wir so lange in der Stadt?«, wage ich zurückzufragen. Aber ich bekomme keine Antwort. Es geziemt sich für einen Knecht nicht, solche belanglosen Fragen zu stellen.

Noch nie hat die Bäuerin zum Essen auffordern müssen. Da bremst sie eher. Knechte essen immer ganz von selbst und so viel wie möglich. Wenn es etwas gibt. Sie müssen rasch zulangen. Das ist lebensnotwendig.

Und jetzt darf ich auf einmal selbst das Brot schneiden.

Die Bäuerin wird doch nicht den Verstand verloren haben!

»Spann den Schlitten ein!«, befiehlt der Bauer.

»Den Schlitten?«

»Ja, den Schlitten!«

Die Pferde sind faul und verschlafen. Sie wollen nicht in die Kälte hinaus und müssen vor den Schlitten geschoben werden.

2

Dann fahren wir los, der Bauer und ich. Nur der Bauer und ich!

Der Morgen ist trocken und kalt. Viel zu kalt für November. Oben in den Bergen liegt schon eine Menge Schnee. Wie mag es erst werden, wenn der richtige Winter kommt? Hinter dem Herrschaftswald schleicht Helligkeit auf den Osthimmel. Im Tal unten ist es dann bereits mehr Tag als Nacht. Schlitten und Fuhrwerke haben den Schnee auf der Straße glatt gescheuert.

Und wir fahren in die Stadt. Der Bauer und ich. Nicht der Georg, der Sohn des Bauern, nicht sein Weib, nicht einmal der Großknecht, sondern nur der Bauer und ich!

Ob ich vielleicht wieder träume?

Nein! Diesmal ist alles echt.

Eine unbändige Freude kriecht in meinem Brustkorb hin und her. In den ganzen sechzehn Jahren war ich noch nie in der Stadt. Dafür hat es bisher keinen Grund gegeben. Und ohne Grund fährt niemand in die Stadt. Heute gibt es anscheinend einen. Der Bauer wird schon wissen, warum. Trotzdem möchte auch ich es gerne wissen. Ob ich vielleicht dem König huldigen muss? Aber die Huldigung wird normalerweise nicht in der Stadt, sondern vor dem Amtmann in Böhringsweiler vollzogen. Also gibt es einen anderen Grund.

Er ist doch ein guter Mensch, der Bauer. Vielleicht mag er mich sogar. Es braucht ja keine große Vaterliebe zu sein. Da langt ein kleines bisschen. Für einen zweiten, unechten Sohn. Der Bauer hat ja nur einen, den Georg. Fünf hätten es schon sein können. Sind es aber nicht. Alle bis auf den einen sind ihm hintereinander weggestorben. Bereits im Kindbett oder später an Scharlach, Halsbräune und Gichter. Angeblich kann die Bäuerin keine Kinder mehr kriegen. »Ihr ganzer Bauch ist kaputt!«, schwatzen die Knechte und Mägde heimlich.

Also, wenn der Bauer nun doch noch einen zweiten Sohn haben wollte? Was man ja nicht wissen kann. Da käme schließlich auch ich in Betracht. Wer weiß? Der Bauer kennt mich ja bereits drei Jahre lang. Seit einiger Zeit glaube ich sogar so was wie eine winzig kleine Zuneigung zu spüren. Auch wenn der Bauer sonst streng und saugrob ist und kaum ein unnötiges Wort mit mir spricht. Aber er redet mit der Bäuerin und seinem Sohn, dem Georg, auch nicht viel. Jedenfalls fährt der Bauer jetzt mit mir in die Stadt. Wenn das kein gutes Zeichen ist?

Ein neues, unheimlich großes Stück von der Welt liegt vor mir. Unbekannt und aufregend. Staunend gucke ich links und rechts und voraus und male mir die vielen vorüberziehenden Bilder ins Gedächtnis. Es gibt ja so viel zu schauen. Am Abend werde ich dann in der Knechtskammer von der Stadtfahrt erzählen. Ich sehe schon die neugierigen, aber auch neidischen Gesichter mit den offenen Mündern vor mir.

Ob die Häuser in der Stadt wirklich wie Missgeburten aneinander hängen? Die Knechte und Mägde erzählen sich so unwahrscheinliches und unglaubliches Zeug.

Am späten Vormittag erreichen wir die Stadt. Der Schnee auf der Straße wird weniger und dünner und der Schlitten kratzt öfter über bloßliegende Steine. Das plagt die Pferde, dass sie dampfen.

Tatsächlich, die meisten Häuser kleben aneinander. Erstaunlich! Die Knechte haben also nicht geflunkert. Was es nicht alles gibt? So viele Häuser und solche Mengen von Menschen.

Ob ich dem Bauern sagen soll, wie sehr ich mich freue?

Ich mustere den Bauern von der Seite. Aber der macht gerade sein Pferdegesicht und lässt kein bisschen von der Seele durchscheinen. Da ist es wohl besser, ich sage nicht so unnötigen, törichten Quatsch. Wer weiß denn, wie der Bauer auf mein Geplapper reagiert?

Natürlich würde ich ihn auch noch gern dies und jenes fragen. Das viele Neue macht mich neugierig. Der

Bauer wüsste bestimmt mehr. Es schickt sich aber für einen Jungknecht nicht, unaufgefordert zu fragen.

Links und rechts der Straße reiht sich Haus an Haus, alle ohne anständige Misthaufen. Also können die Städter nicht besonders reich sein. Trotzdem sind die Häuser prächtig und groß. Womöglich gilt die Regel mit dem Misthaufen vor dem Haus in der Stadt gar nicht. Vielleicht leben da Leute, die auch ohne Vieh reich sind.

Der Bauer hat die ganze Fahrt über kein Wort gesprochen. Das bedeutet selbstverständlich nichts. Er ist ja immer schweigsam. Mit dem Gesinde redet er sowieso nicht. Knechten, Mägden und Taglöhnern gibt er nur Anweisungen für die Arbeit oder er tadelt sie.

Überraschend spricht er nun doch zwei Worte. »Das Rathaus!«, sagt er und deutet auf ein hochbockiges, alle Dächer überragendes Gebäude. Nach einer Weile fügt er etwas leiser nochmals vier Wörter hinzu: »Da müssen wir hinein!«

Ins Rathaus?, denke ich, aber natürlich frage ich den Bauern nicht, warum wir ins Rathaus hineinmüssen. Der Bauer wird es schon wissen. Er weiß immer, was er tut und warum er etwas tut.

Ich bin richtig aufgeregt. Das ist ja ein gewaltiger Bau, dieses Rathaus! Vierzehn Fenster allein auf der einen Seite. Wie viele mögen es rundherum sein? Dreißig oder noch mehr?

Etliche Soldaten stehen neben dem Tor, im Treppenhaus und im ersten Stock. Junge Männer kommen und gehen.

Eine Weile lungern der Bauer und ich in einer Fensternische. Sinnlos und ohne etwas zu tun. Und das am helllichten Tag. Reine Zeitverschwendung! So stiehlt man dem Herrgott den Tag! Der Bauer ist sehr unruhig. Ihn plagt etwas. Hat er Angst vor dem Rathaus, vor den fremden Leuten? Kaum. Er ist ja selbst Schultheiß. Da gibt es keine Scheu vor einem Rathaus.

Es dauert auch nicht allzu lange, da wird der Bauer aufgerufen. Eigentlich nicht er, sondern sein Sohn Georg. Der ist aber gar nicht da. Der Bauer holt zusammengelegte Papiere aus seiner Kitteltasche und geht in den Raum hinein. Er kommt bald wieder heraus, packt mich am Arm und schiebt mich energisch durch die Tür.

Vor mir ist ein riesiger Tisch. Dahinter sitzen mehrere gold- und silberglitzernde Soldaten. Bestimmt sind es Offiziere. Jedenfalls sehen sie aus wie der im vergangenen Jahr beim Schultheißen einquartierte Hauptmann der Landwehr. Wie die Gockel sitzen sie da! Stolz und unnahbar. Man sieht ihnen an, dass sie im Königreich etwas zu sagen haben.

Ich erschrecke und beginne zu zittern.

Warum stehe ich vor diesen Menschen? Was wollen die von mir?

Angst fährt in mich hinein. Seltsames passiert da! Ich gucke mich vorsichtig nach meinem Bauern um. Aber der ist nicht mehr im Raum. Weg! Warum ist er nicht geblieben? Er lässt mich doch nicht allein?

Die Papiere des Bauern liegen auf dem Tisch.

»Georg Bayh!«, sagt einer der Männer gelangweilt, eher mürrisch. »Vortreten!« Bevor ich etwas antworten kann, zischt ein anderer: »Hörst du schlecht?« Und der Mann in der Mitte befiehlt: »Ausziehen!«

Ich bin doch nicht der Georg Bayh, überlege ich. Der bin ich doch gar nicht! Der Georg Bayh, das ist der Sohn von meinem Bauern. Ich bin nur dem Bauern sein Jungknecht und heiße Adam Feuchter. Der Georg Bayh ist zu Hause. Der Bauer wird bestimmt gleich wieder hereinkommen und den Irrtum aufklären.

Ich schaue mich noch einmal um. Die Tür ist zu und

kein Bauer kommt herein. Ich will auf den Flur hinaus und den Bauern rufen. Aber die Herren am Tisch glotzen unheimlich streng und ungeduldig.

»Ausziehen!«

Ausziehen? Warum soll ich mich ausziehen? Wollen mich die Männer nackt anschauen? Ich schäme mich vor den vielen uniformierten Herren.

Da brüllt der Offizier, vor dem die Papiere liegen: »Ausziehen! Wird's bald!«

Ängstlich blicke ich auf die Männer und noch einmal zur Tür.

Bauer!, flehe ich. Aber der Bauer ist nicht da. Dann ziehe ich mich aus. Mir bleibt ja nichts anderes übrig. Das geht recht schnell. Ich habe ja nur Kittel, Hemd und Hose an. Und die Schuhe. Gott sei Dank habe ich mich in der Frühe doch ein wenig gewaschen.

Da stehe ich nun, nackt und bloß, und die Offiziere besehen mich von oben bis unten und von unten bis oben. Wie beim Pferde- oder Bullenkauf!

Einer kommt auf mich zu. »Mund auf!«, befiehlt er. Er langt auf meine Zähne. Seine Finger riechen nicht gut. »Das Gebiss ist in Ordnung!«, sagt er.

Ein anderer lispelt zaghaft: »Der Bursche ist arg dürftig!« Und noch ein anderer stellt fest: »Unmöglich! Er ist ja noch ein Knabe! Schauen Sie nur! Da fehlt noch einiges, bis der ein Mann wird.«

»Umdrehen!«

Ich erschrecke. Und plötzlich weiß ich auch, wo ich bin. Das ist die Conskriptionskommission! Die Militärmänner sind das, des Königs Leute, die künftige Soldaten aussuchen und sammeln. Ich habe oft davon gehört, wenn die Knechte erzählten, wie sie zu den Soldaten gekommen sind. Da war es auch so. Und nachher haben sie acht oder zehn Jahre beim Militär dienen müssen.

Mit dem Mut der Verzweiflung schreie ich zum Offizierstisch hin: »Halt! Ich bin nicht der Richtige!« Ich verschlucke mich. Im Mund und dahinter hat sich etliches Wasser angesammelt. Ich würge es schnell hinunter und schluchze, so laut ich kann. »Ich bin nicht der ...« Weiter komme ich nicht. Wieder rutscht Feuchtigkeit in die Atembahn. Ich kann nur noch husten, sonst bringe ich nichts mehr heraus.

Die Männer springen auf. Einer schreit, dass sich seine Stimme überschlägt: »Was fällt dir ein, Bursche!«, und ein anderer zieht seinen Säbel und klatscht mir die flache Klingenseite auf den Hintern. »Du redest gefälligst nur, wenn du gefragt wirst! Sonst hältst du dein Maul!«

Am Hintern brennt es. Ich will das Weinen unterdrücken. Es gelingt mir aber nicht ganz.

Die Männer hinter dem großen Tisch sehen sich ärgerlich an.

»Es wird höchste Zeit, dass der junge Mann erzogen wird.« Und ein anderer wiederholt: »Höchste Zeit, dass er zu den Soldaten kommt! Damit er gehorchen lernt!«

Aber einer der Offiziere will nicht recht.

»Er ist doch noch ein Knabe!«, wendet er wiederum verhalten ein. »Beachten Sie bitte die dürftige Gestalt, den mageren Brustkorb! Und seine Stimme hüpft noch zwischen Knabe und Mann hin und her. Auch sonst ...! Sehen Sie doch selbst! Wir wollen doch keine Kinder bei den Soldaten!«

Die anderen Männer sehen sich wieder ärgerlich an und der wichtige Offizier, vor dem die Papiere vom Bauern liegen, zischt unbeherrscht: »Meine Herren! Sie wissen doch, dass der König Soldaten braucht. Dringend! Viele Soldaten! Da kann man nicht so wählerisch sein!«

Im Chor wiederholen alle anderen: »Jawohl! Der König braucht Soldaten. Da kann man nicht so wählerisch sein!« Und der wichtige Offizier schaut in eines der Papiere hinein und grunzt rechthaberisch und wohlgefällig: »Also! Meine Herren! Keine falschen Schlüsse ziehen! Der Bursche, wie heißt er gleich, also dieser Georg Bayh hat das notwendige vorgeschriebene Alter und groß genug ist er auch. So steht es schwarz auf weiß geschrieben.«

»Das Alter mag er wohl haben, auch wenn er eher wie ein Konfirmand ausschaut, aber groß genug ist er sicherlich nicht!«, wendet der Zweifelnde ein.

»Also messen!«

Ein Soldat, der neben dem Tisch steht, holt eine Messlatte. »Fünf Fuß, zwei Zoll!«, meldet er wichtig.

»Was?«, schreit der eine Offizier. Er ist bestimmt der Höchste, denn er hat ja die Papiere vor sich liegen und die anderen ziehen den Kopf zwischen die Schultern, wenn er brüllt.

»Das gibt es nicht!«, bellt er, springt hinzu und stiert auf das Maß. »Das kennen wir!«, sagt er schneidig. »Klein machen, damit man des Königs Rock nicht anzuziehen braucht. Kopf hoch, Brust raus und die Knie durchgedrückt!« Der Schneidige zieht mich an den Ohren hoch und schaut wieder auf das Maß. »Schon besser!«, sagt er befriedigt. »So, und jetzt fehlt nicht mehr viel. Wirst du dich wohl strecken und auf die Zehenspitzen stellen!« Es ist mäuschenstill im Raum. Nur mein gelegentliches Schluchzen stört dazwischen. Aber ich kann nichts dafür. Es stößt mich vom Magen her. Alle starren auf die Messlatte.

»Na also! Fünf Fuß, vier Zoll! Und die zwei fehlenden Zoll bekommt der Bursche auch noch. Meine Herren! Überzeugen Sie sich selbst. Oder zweifelt noch jemand?«

Die Herren Offiziere ziehen den Kopf noch tiefer zwischen die Schultern. Sie zweifeln nicht mehr. Nur ein paar unsichere Blicke wandern hin und her.

»Tauglich!«, stellen sie dann ein wenig zögernd, aber doch gemeinsam fest.

»Weg mit dem Jammerlappen!«, poltert der wichtige Offizier. Er nimmt die Papiere, schmeißt sie auf einen Haufen anderer Papiere am Rande des Tisches und ruft fordernd: »Der Nächste!«

Sofort stürze ich durch die Tür. Der Soldat mit der Messlatte wirft mir meine Kleidung hinterher.

Verdattert und weinend stehe ich im Flur. Leute lachen mich aus, höhnisch, aber auch mitleidig. Nichts wie weg! Wo ist der Bauer? Der muss und kann doch alles schnell aufklären. Ich schlüpfe in Hose und Schuhe, nehme Hemd und Kittel unter den Arm und springe die Treppe hinunter.

»Bauer! Bauer!«

Aber der Bauer ist nicht mehr da. Um die Ecke? Ist er auch nicht! Wo ist er hin? Der Schlitten mit den Pferden steht nicht mehr in der Seitengasse. Ratlos bleibe ich vor dem Rathaus stehen. Mich friert. Hemd und Kittel habe ich immer noch unter den Arm geklemmt. Die nackte Brust bekommt eine Gänsehaut und zieht sich in der Kälte zusammen. Schnell fort aus dieser Stadt! Der Spuk muss ein Ende haben.

Oben im ersten Stock wird ein Fenster aufgerissen. Irgendein Offizier befiehlt schreiend nach unten.

Vier Soldaten eilen auf mich zu.

»Halt!«, rufen sie, als ich in die nächste Straße hineinlaufen will. »Halt! Hier geblieben! Du musst mit uns kommen!«

»Ich will nach Hause!«

»Nix da! Befehl vom Stabshauptmann! Du kannst

nicht nach Hause! Du bist jetzt Soldat und kommst in die Kaserne!«

Irgendwann um die Mittagszeit höre ich zu klagen auf und rufe auch nicht mehr nach dem Bauern. Das versteckte Weinen bleibt. Es stößt mich unkontrolliert bis in den Hals hinauf.

3

Am frühen Nachmittag marschieren ein Dutzend Soldaten mit etlichen jungen Burschen in bäuerlicher Kleidung und mir zur Stadt hinaus. Auf der Anhöhe liegt trockener Schnee. Weiter unten in den Tälern aber wird er matschig. Der Matsch besteht aus Wasser und Schnee und ebenso viel Dreck und flutscht oben in die Schuhe hinein. Die Soldaten fluchen unchristlich. Immer wenn die Straße durch den Wald führt, nehmen sie das Gewehr von der Schulter und richten es auf uns.

Ich bin müde und hungrig. Seit dem frühen Morgen habe ich nichts mehr gegessen. Ein Glück, dass es wenigstens nicht regnet oder gar schneit.

Es ist schon reichlich dunkel, als wir in ein Flusstal hinabsteigen. »Der Neckar!«, sagt einer von den Bauernburschen. Er kennt sich hier wohl aus.

»Wo geht es hin?«, wird er gefragt.

»Was weiß ich? Wahrscheinlich nach Ludwigsburg! Da hat es genügend Kasernen.«

Einer von den Soldaten ist gesprächiger.

»Richtig, ihr kommt in die Lochkaserne in Ludwigsburg. Es gibt bald wieder Krieg und der König braucht Soldaten.«

»Vor allem für den Kaiser der Franzosen, den Napoleon!«, fügt ein anderer leise und respektvoll hinzu.

Trübe Gedanken beschweren meinen Kopf. Was geht mich Napoleon an? Wieso werde ich so plötzlich Soldat? Ich bin doch erst sechzehn Jahre alt. Und warum hat mich der Bauer in die Stadt mitgenommen? Weshalb hat er nachher nicht auf mich gewartet? Er hätte unbedingt aufklären müssen, dass ich nicht sein Sohn, der Georg Bayh, sondern nur der Jungknecht Adam Feuchter bin.

Willenlos gehe ich mit den anderen Burschen zwischen den Soldaten.

Eine gute Stunde lang steigen wir zwischen Weinbergen auf die Höhe hinauf. Es ist schon dunkel, als wir durch ein großes Tor in eine Kaserne einziehen.

Wie im Traum schlurfe ich über einen sandigen Hof. Hier gibt es keinen Schnee, auch wenig Schneematsch. Viele Stiefelsohlen haben ihn aufgelöst und zu schillernden Dreckpfützen geschmolzen. Ein arroganter Soldat mit Hut und Säbel kommt uns entgegen.

»Halt!«, schreit er. »Wo wollt ihr hin?«

»Neue!«, meldet einer der Begleiter.

»Warten!«

Ein Soldat murrt halblaut: »Wann gibt es Futter?« Und die anderen räsonieren hinterher.

Ein trüber, trauriger Anblick. Wir Burschen frieren. Auch die Soldaten schlagen wegen der Kälte mit den Armen an sich. Es geht ihnen nicht besser. Anscheinend taugen ihre Uniformen im Winter nicht viel. Mägen und Bäuche knurren unverschämt. Sinnlos steht der Trupp auf dem leeren Platz. Ich sollte dringend Wasser ablassen, aber ich finde keine Gelegenheit. Ich denke an die Knechtskammer, in der mein Strohsack liegt. Dort wäre es jetzt einigermaßen warm. Und unten vor dem Stall läge der Misthaufen. Da könnte ich schnell mein überflüssiges Wasser loswerden. Aber hier gibt es keinen Misthaufen.

Bestimmt ist die Nacht schon halb vorbei. Es hat zu schneien begonnen. Ein dicker Soldat kommt. Gähnend betrachtet er die vor Kälte zitternden Männer.

»Mitkommen!«, befiehlt er.

Wir gehen über den ganzen Platz, auf ein niedriges Haus zu. Plötzlich wird es warm. Ich wache aus meinem Halbschlaf auf. Ein Pferdestall. Kein Zweifel. Unruhiges Pferdescharren und -schmatzen und der heimatliche Geruch von Stroh und Mist.

»Ja kein Feuer machen!«, befiehlt der dicke Soldat. »Hier könnt ihr heute Nacht kampieren. In der Kaserne hat es keine freien Betten mehr.«

»Und wann gibt es was zu futtern?«

»Gleich!«

Etwas später bringen zwei Soldaten einen Eimer. Daraus riecht es nach Fleischbrühe und Sauerkraut und Mehlspatzen, jedenfalls gut, sehr gut sogar.

»Mit was sollen wir essen? Wir haben ja nicht einmal einen Löffel!«

»Löffel sind dabei!«

»Und Teller?«

»Braucht ihr nicht!«

Schnell grapscht jeder nach einem Löffel, drückt sich zum Esseneimer hin und beginnt in sich hineinzuschaufeln.

Es ist ein Stampf aus Erdbirnen, Bohnen und sonst was und schmeckt gar nicht schlecht. Mit Mühe ergattere ich mehrere Löffel voll davon. Einmal ist auch ein Stück Speck dabei. Ich lasse den Fund eine Weile im Munde liegen und genieße den herrlichen Geschmack. Aber dann schlucke ich ihn schnell hinunter, denn die Löffel der anderen kratzen schon am Eimerboden, und so muss ich mich sputen, wenn ich noch ein paar Kleckse von dem Brei erobern will.

Wenig später fällt mir der Löffel aus der Hand. Ich kippe ins warme Pferdestroh. Diesmal ist das Loch, in das ich hineinfalle, so tief, dass ich von der tristen Welt um mich herum nichts mehr wahrnehme. Sogar die vielen Gedanken an meinen Bauern lösen sich so schnell auf wie die drei Honigtropfen im Sonntagsmalzkaffee.

4

Die Tage kommen und gehen. Wie sie es immer tun und wie sie es bis zum Jüngsten Tag anlässlich des Weltunterganges tun werden. Der Winter ist reichlich ungenau. Unberechenbar und unschlüssig zockelt er hin und her. Er weiß nicht recht, was er will. So gibt es im November und Dezember zwischen eiskalten auch warme Tage mit Regen und davonlaufendem Schnee.

Ich bin Soldat geworden. Ungefragt. Ob ich will oder nicht!

Ich muss immer an meinen Bauern denken.

In der Lochkaserne wimmelt es von Soldaten und jungen Burschen, die noch Soldaten werden sollen. Tag für Tag kommen neue hinzu. Es gibt schon lange keine freien Betten mehr. In den Ställen ist jedes mögliche Plätzchen belegt. Sogar außerhalb der Kaserne werden die Rekruten in so genannten zweischläfrigen Betten untergebracht. Da teilen sich zwei Soldaten eine Liegestatt. Während der eine schläft, macht der andere Dienst und umgekehrt.

Soldaten ohne Uniform heischen so wenig Respekt

wie nackte Könige. Also bekommen die Neuen schnell eine Uniform. Notdürftig zusammengenäht. Auch ich werde in eine Montur gesteckt Sie passt nicht hinten und nicht vorne, riecht nach Schafmist und Teerseife und wärmt nicht besonders gut. Für den Winter ist sie zu dünn, aber immer noch besser als mein ziviles, mageres Sonntagswams. Hellblau, fast himmelblau ist die Uniform, von oben bis unten. In die Hose gehen zwei von meinem Hintern hinein. Auf den Kopf drückt man mir einen länglichen Topf, den sie Kaskett nennen, mit einem Buschen darauf. Das ist das einzige Uniformstück, das richtig passt. Gottlob, auch die Stiefel drücken nur am Anfang. Ich kann in ihnen anständig gehen, wenn ich die Fußlappen so ordentlich um Zehen und Ferse wickle, dass sie nicht verrutschen.

Drei Wochen vor Weihnachten treffe ich rein zufällig den Sohn vom Taglöhner Kleinknecht aus dem Heimatdorf. Der Kleinknecht läuft noch in Zivil umher, und er wundert sich sehr, dass er mich in der Kaserne antrifft.

»Im Dorf spricht man von dir«, sagt der Kleinknecht.

»Was spricht man denn?«

»Ich weiß nicht, ob ich es sagen soll. Du seist in der Stadt geblieben, weil es dir dort so gut gefallen hat. Dein Bauer will dir das nicht verzeihen.«

»Mein Bauer? Wieso?«

»Na, wenn du einfach fortbleibst.«

Und weil er es sehr eilig hat, geht der Kleinknecht rasch weiter.

Ich bin völlig durcheinander. Die Welt ist verrückt geworden! Ich soll in der Stadt sein und mein Bauer verzeiht es mir nicht?

Die Kaserne ist eine mittlere Stadt. Um einen großen freien Platz stehen Ställe und lang gezogene zweistöckige

Häuser. Am Rande gibt es ein feines Haus mit Wachposten vor der Tür. Da gehen lauter glänzende Offiziere ein und aus. Das sind die Menschen, die etwas zu sagen haben, durchweg wohlgeboren oder hochwohlgeboren, auch durchlauchtigst, und sogar eine Exzellenz soll es dort geben.

In dieses Haus muss ich hineinkommen, um den Herren Offizieren zu erzählen, dass ich eigentlich gar kein Soldat sein darf, denn ich bin ja erst sechzehn Jahre alt. Sofern man mir das nicht glauben will, kann es mein Bauer jederzeit bestätigen. Der ist nicht irgendwer, sondern der Schultheiß in meinem Heimatdorf. Man braucht ihn bloß zu fragen. Bitte schön!

Aber ich getraue mich nicht in das feine Haus. Wem soll ich von meinem Missgeschick erzählen? Kein Mensch würde mir glauben. Das ist alles gar nicht so einfach und es muss reiflich überlegt sein. Ich verschiebe also meine Beschwerde von einem auf den anderen Tag. Dann komme ich gar nicht mehr dazu. Sergeanten und Wachtmeister und Lieutenants und andere mit einem Säbel behangene Soldaten planen und verbrauchen jede Minute von meinem Leben.

Am Anfang sträube ich mich gegen das laute Gebrülle und das sinnlose Hin- und Hergerenne. Das ist keine vernünftige Arbeit. Lauter unnötiger Hokuspokus. Nur Füße hochheben und auf dem Kasernenhof herumlatschen und -stelzen. Nichts Rechtes tun! Bei besonders blöden Befehlen bocke ich und probiere das Gegenteil. Bald merke ich jedoch, wie unklug das ist. Die Säbelleute mögen den Ungehorsam nicht. Ich werde zusätzlich so lange schikaniert, bis ich überhaupt nicht mehr stehen und denken kann. Das halte ich nicht lange aus. Die Sergeanten und Korporale und Wachtmeister sind stärker. Alle Militärs mit einem Säbel sind stärker. Hinter ihnen steht unsichtbar der König. Und den hat Gottes Gnade eingesetzt. Gegen solche Mächte habe ich keine Chance. Nach ein paar Tagen werde ich notgedrungen ein braver Soldat. Ich sträube mich nicht mehr, tue lieber alles, was mir befohlen wird und was auch die anderen jungen Soldaten tun.

Ich denke nur noch, was alle Soldaten denken.

Und Soldaten denken fast nichts. Jedenfalls haben sie keinen Gedanken zu viel. Sie denken an den Strohsack, wenn sie müde sind, und an das Essen, wenn der Magen knurrt. Das Leben dazwischen ist gedankenmüde. Nicht ganz. Wenn die Soldaten satt sind und nicht gerade schikaniert werden, reden sie auch von drallen Mägden. Aber die gibt es in Kasernen nicht.

Meine Muskeln und Knochen melden sich mit Reißen und Zwicken und Klemmen. Der Kopf wird immer leerer. Der Umbau vom Jungknecht zum gehorsamen Soldaten funktioniert schnell und reibungslos, fast ganz von selbst. Der Mensch gewöhnt sich rasch an alles. Auch ich.

Das Wichtigste für einen Soldaten ist der Gehorsam. Egal, was befohlen wird. Und das Marschieren. Dazu braucht er nur die Beine. Das geht auch ohne Denken. Schließlich marschiert der Soldat ja nicht mit dem Kopf. Marschieren, marschieren, Tag und Nacht marschieren. Sogar im Schlaf. Nur die Kommandos hören und befolgen! Links um, rechts um, schwenken, anhalten und wieder marsch! Die Brust nach vorne drücken und mit den Armen richtig wedeln! Die Hände mit ungespreizten Fingern, die Beine hoch hinaus! Genauso hoch wie der Soldat davor, wie der linke und der rechte. Und schließlich müssen alle Stiefelsohlen gemeinsam, mit einem Schlag, auf den Boden klatschen. Darauf kommt es besonders an, auf den Klatsch.

Fast so wichtig wie das Marschieren ist das Schießen mit dem Gewehr. Das Gewehr ist die Braut des Soldaten. Der Soldat muss mit dem Gewehr umgehen können. Auch im Schlaf. Nach dem Chargier-Kommando im Exerzier-Reglement: »Ladet 's Gewehr! Öffnet die Pfanne! Ergreift die Patrone! Pulver auf die Pfanne! Schließt die Pfanne!« Und so weiter.

Bald merke ich, dass einfache Soldaten einen Offizier gar nicht so ohne weiteres ansprechen dürfen. Offiziere sind schließlich keine gewöhnlichen Menschen, mit denen man normal reden kann.

Also verschiebe ich meine Beschwerde weiter von einem Tag auf den anderen.

Ein Wachtmeister fragt uns Neue, ob jemand darunter ist, der gut mit Pferden umgehen kann und vor ihnen keine Angst hat. Da muss ich wirklich herzhaft lachen. Zum ersten Mal, seit ich Soldat geworden bin, lache ich wieder. Das ist ja auch zum Lachen! Wo mir Pferde lieber als die meisten Menschen sind. »Das Lachen wird dir schon noch vergehen!«, brüllt der Wachtmeister. Trotzdem darf ich weiterhin im Pferdestall bleiben und bei den Pferden schlafen.

So kommt es mir zugute, dass mein Bauer kein armer Ochsenbauer, sondern ein wohlhabender Pferdebauer ist. Nur wenige von den neuen Soldaten können mit Pferden richtig umgehen. Ich weiß schon einiges über Pflege und Futter und Reiten.

Aber auf ein Pferd steigen darf ich nicht.

Nach ein paar Wochen hört das Marschieren und das Gewehrladen beinahe auf. Wir Neuen üben es nur noch nebenher. Ich werde als Trainsoldat einer Reitenden Batterie zugeteilt und habe zwei Pferde vor Kanonen ein- und auszuspannen, sie zu füttern und zu putzen. Das ist wieder echte Arbeit. Ich mag meine Pferde und die

Pferde mögen mich. Das Leben bekommt eine schöne Seite. Es wird sogar besser als bei meinem Bauern.

Nicht lange. In der Reitenden Batterie gibt es einen gewissen Wachtmeister Krauter. Der kann mich überhaupt nicht leiden.

Aber das kommt erst später.

Die Soldaten der Reitenden Batterie erkennt man schon von weitem. Sie haben alle eine himmelblaue Uniform. Die Zivilkleidung muss heimgeschickt werden. Mein Sonntagswams liegt in der Stallecke. Wohin soll ich es senden? Ich verstecke es weiterhin unter dem Stroh im Stall. Bestimmt brauche ich es noch, wo ich doch eigentlich gar kein Soldat sein darf.

Nach weiteren vierzehn Tagen werden neue Kanonen abgeholt. In Ludwigsburg sind sie angeblich in Tag- und Nachtarbeit gegossen, gebohrt und geschliffen worden. Die ganze Reitende Batterie trabt und marschiert an, mit allen Pferden und dem Herrn Hauptmann an der Spitze. Der Herr Hauptmann kriegt ein scheckiges Gesicht, als er die schweren bronzenen Dinger sieht. Der Stolz schießt ihm in den Kopf und ins Rückgrat hinein. Funkelnagelneu glitzern die Geschütze in der Weihnachtssonne. Vier Sechspfünder-Kanonen und zwei Siebenpfünder-Haubitzen. Der Hauptmann ist so überwältigt, dass er sich einen Moment lang total vergisst. Stolz ruft er den Soldaten zu, dass dies die Kanonen sind, mit denen er demnächst Spanien und Russland zusammenschießen wird.

Da ist es heraus. Es braut sich also etwas zusammen. Deswegen braucht der König so viele Soldaten und Kanonen, und die werden alle mit Napoleon gegen Spanien oder Russland ziehen. Und siegen! Wie immer. Selbstverständlich siegt man mit Napoleon. Napoleon ist unbesiegbar! Das weiß die ganze Welt.

Spanien und Russland gehören dem Napoleon noch

nicht, aber sie werden sich bald seinem Willen beugen müssen. Irgendwer sagt leise, dass der Napoleon nie genug bekomme. Er müsse immer mit vielen Soldaten spielen und Schlachten schlagen. Nach Russland wäre dann auch noch nicht Schluss. Dann käme Indien dran oder was anderes.

Hirngespinste? Nein, das pfeifen die Spatzen von den Kasernendächern. Und was die Spatzen pfeifen, das ist kein Unsinn. Schließlich ist dem Napoleon alles zuzutrauen.

5

Der Wachtmeister Krauter mag mich nicht. Warum? Niemand weiß das. Nicht einmal ich. Er schikaniert mich, wann und wo er kann. Und als Wachtmeister kann er das! Da lässt er mich so lange durch Pfützen marschieren, bis ich selbst wie eine Dreckpfütze ausschaue, meine Beinmuskeln nicht mehr mitmachen und die himmelblaue Uniform scheißbraun ist. Das macht der Wachtmeister Krauter aber nur, wenn es Pfützen auf dem Kasernenhof gibt. Ansonsten muss ich die zahlreichen im Kasernenhof umherliegenden Pferdeäpfel einsammeln, sie einzeln mit meinen nackten Fingern aufklauben und mit ihnen zu einem Wagen marschieren, auf dem ich sie gezählt abzulegen habe. Vorbeigehende Offiziere schütteln zwar den Kopf, aber sie sagen nichts und tun auch nichts dagegen. Was geht sie schließlich ein einfacher Trainsoldat an, und die Autorität eines Wachtmeisters darf sowieso nicht untergraben werden. Vierhundertachtundsiebzig Pferdeäpfel in der Stunde.

Das ist kein anständiges Leben!

Ich will fort. Abhauen! Nicht mehr mitmachen! Desertieren nennt man das. Das Desertieren ist zwar ein ganz schlimmes Verbrechen. Dafür wird man erschossen. Wenn man erwischt wird. Und fast alle Ausreißer werden wieder erwischt. Die meisten noch in der gleichen Nacht, die anderen etwas später. Trotzdem will ich desertieren. Egal. Weil das mit den Pfützen und den Pferdeäpfeln auch kein Leben ist. Unlängst hat mir der Krauter angedroht, dass ich noch Pferdeäpfel fressen werde.

Ich habe mein ziviles Sonntagswams unter dem Stroh versteckt. In der nächsten passenden Nacht will ich mich umziehen und aus der Kaserne fliehen. Nach Hause. Zu meinem Bauern. Der kann alles aufklären. Jedenfalls muss ich weg von dem Krauter und den Pferdeäpfeln.

Finstere Nacht. Die Soldaten schnarchen und die Pferde auch. Vielleicht träumen die einen von einer Geliebten und die anderen von Hafersäcken oder sonst was.

Heute Nacht passiert es. Ich habe schon mein Sonntagswams angezogen und die Montur in die Ecke geschoben.

Da gibt es plötzlich Alarm. Aufgeregtes Horngeblase, Fluchen, Schimpfen und Gerenne, der Wachtmeister brüllt uns aus dem Stroh. Wegen mir? Nein, nicht wegen mir. Ich bin ja noch da. Schnell ziehe ich wieder meine himmelblaue Montur an und verschiebe das Sonntagswams in der Stallecke.

Drei Artilleristen von meiner Reitenden Batterie haben anscheinend dasselbe vorgehabt und sind geflüchtet. Ein bisschen früher. Bei Nacht und Nebel über die Kasernenmauer. Bereits eine halbe Stunde später hat man sie eingefangen. Sie haben nicht geahnt, dass die ganze

Stadt eine große Kaserne ist und dass man aus ihr nicht so ohne weiteres entkommen kann.

Erschossen werden die geflüchteten Artilleristen nicht. Sie werden zum Spießrutenlaufen verurteilt und das ist schlimmer als das Füsilieren und meistens ist es ebenso tödlich. Der Delinquent wird regelrecht totgeschlagen. Angeblich hat der König das Spießrutenlaufen schon früher einmal verboten. Sagt jemand. Aber die Generäle finden das Spießrutenlaufen gut. Wegen der enormen Abschreckung. Also hält sich niemand an das königliche Verbot. Vielleicht hat es der König mit dem Verbot auch gar nicht so ernst gemeint.

Der Trommelbube steht mitten auf dem Kasernenhof. Wie ein fernes Gewitter stoßen sich die dumpfen Schläge an den Mauern. Die ganze Kaserne ist auf den Beinen. Alle wollen zusehen, wie die Flüchtlinge von den eigenen Kameraden malträtiert und erschlagen werden. Wetten werden abgeschlossen, wie weit dieser und jener kommt.

Auf dem Sand des Kasernenhofes bilden die Soldaten der Reitenden Batterie eine lange Gasse. Der Hauptmann kommandiert selbst. Vorher hält er eine große Ansprache über die Soldatenehre. Wer dieser Ehre verlustig gehe, der könne, solle, müsse wie ein räudiger Hund totgeprügelt werden. Er schließt mit der Aufforderung, keine Rücksicht zu nehmen. »Wer nicht ordentlich zuschlägt«, droht der Herr Hauptmann, »der muss selbst durch die Gasse laufen!« Statt Ruten nehmen die Soldaten ihr Lederzeug von den Uniformen und schwingen es hiebbereit über dem Kopf.

Es wird ernst. Die drei Deserteure werden gebracht. Ein ganz junger ist auch dabei. Fast noch ein Milchgesicht. Er hat nasse Augen. Angst zuckt in seinen Wangen. In wenigen Minuten wird sein kurzes Leben zu Ende sein. Er wird zusammengeschlagen im Sand liegen.

Sie müssen sich ausziehen.

Der Erste wird in die Gasse hineingejagt. Das Lederzeug klatscht auf die nackte Haut. Wie wahnsinnig stürzt er durch die niedersausenden Riemen. Die treffen gut und mit voller Wucht. Erbarmungslos dreschen die Kameraden auf ihn ein. Nein, ja kein Mitleid! In der Spießrutengasse ist der Deserteur vogelfrei. Keine Schonung! Der Herr Hauptmann beobachtet ganz genau, wie zugeschlagen wird. Der Geschundene stolpert weiter. Er wirft sich durch die Gasse der peitschenden Soldaten. Kopf, Rücken und Bauch sind bereits blutig gehauen. Ob er es schaffen wird?

Mir wird schwindelig. Ich sehe nicht mehr viel. Um mich herum ist dicker Nebel. Jetzt kommt der Deserteur zu mir. Ich höre seine pfeifende Lunge. Hat er mich eben vorwurfsvoll angeschaut? Er schmeißt sich weiter durch die sausenden Riemen. Er schafft es! Nein, ganz zum Schluss stürzt er doch noch. Der vorletzte Kamerad hat ihm ein Bein gestellt. Aber er rafft sich noch einmal auf und erreicht das Ende der Spießrutengasse. Und gewinnt so sein eigenes Leben zurück.

Die zwei anderen Delinquenten werden weggetragen. Das junge Milchgesicht kommt gar nicht bis zu mir. Es bleibt bereits in der Mitte der Gasse liegen. Der andere stürzt im letzten Viertel unter den Spießruten. Er rührt sich nicht mehr. Trotzdem schlagen seine Kameraden noch auf ihn ein.

Alle drei sind nicht mehr zu gebrauchen. Zwei sterben gleich nachher. Von den Kameraden totgeschlagen. Deshalb werden sie auch nicht christlich beerdigt. Wie Selbstmörder verscharrt man sie hinten an der Friedhofsmauer. Bei Nacht und Nebel. Ohne Trommelbuben. So erzählt man sich nachher in der Lochkaserne. Nicht schade um sie! Soldaten sind nicht viel wert, Deserteure überhaupt nichts. Es ist sowieso ein Fehler, dass einer das Leben behalten hat. Weil das nicht üblich ist. Deserteure verdienen nur den Tod! Wo käme man denn hin, wenn die Soldaten so ganz einfach davonlaufen könnten? Mit was würden denn die Kaiser und Könige ihre Kriege führen?

6

Da bleibe ich nun doch lieber bei den Soldaten. Wenn das Fliehen so ein übles Ende nimmt. Vielleicht werde ich es später noch einmal versuchen. In besseren Zeiten. Man wird sehen! Vielleicht geschieht auch ein Wunder und der Wachtmeister Krauter beißt auf göttliche Anordnung hin ins Gras. Damit ich meine Ruhe habe.

Vorerst aber schikaniert er mich weiter.

Meine himmelblaue Uniform ist nicht mehr sauber zu kriegen.

»Der Soldat Bayh ist ein Schwein!«, schreit der Wachtmeister bei jeder Gelegenheit. »Der sieht immer wie eine Sau aus!«

Und meine Hände stinken Tag und Nacht nach Pferdeäpfeln.

Aber plötzlich scheint sich alles zum Guten zu wenden. Das Schicksal schlägt manchmal Kapriolen oder es hat einen Schluckauf.

An einem besonders dreckigen Tag laufe ich einem jungen Lieutenant über den Weg. Der geht quer über den Kasernenhof. Weil ein Lieutenant einem Gemeinen nicht auszuweichen braucht, kommt er ziemlich knapp an mir vorbei. Ich kann natürlich nichts dafür, dass mich der Lieutenant beinahe streift, denn ich muss gerade auf Befehl des Wachtmeisters Krauter durch die größte Lochkasernenpfütze marschieren. So ist es kaum verwunderlich, dass etliche Dreckspritzer die schneeweiße Hose des Herrn Lieutenants besprenkeln. Selbiger sieht an sich hinunter, entdeckt die braunen Flecken und wird wütend.

»He!«, schreit er. »Was fällt Ihm ein?«

Ich habe jedoch momentan nichts anderes zu tun, als den Befehl des Wachtmeisters auszuführen. Also kann ich auf den Herrn Offizier nicht besonders achten und marschiere unentwegt weiter durch die große Pfütze. Anhalten ist mir ja nicht befohlen worden.

Der Wachtmeister sieht die Malaise und will sich verdrücken. Aber der immer wütender werdende Lieutenant packt ihn am Schlafittchen und lässt ihn vor sich strammstehen.

»Wie kommt Er dazu, mich bespritzen zu lassen? Weiß Er nicht, wen Er vor sich hat?«

Der Wachtmeister wird gelblich und pickelig wie ein altes gerupftes Suppenhuhn.

»Nicht gesehen, Euer Wohlgeboren!«, stammelt er.

»Was heißt hier nicht gesehen? Warum lässt Er überhaupt den Soldaten so lange durch den Dreck marschieren?«, fragt der Lieutenant ungehalten weiter.

Das höre ich gerne, und damit mir ja nichts entgeht, marschiere ich nicht weiter, sondern auf der Stelle. Selbstverständlich gesteht der Wachtmeister nicht, dass er mich rein aus teuflischer Freude schikaniert und dass ihn die Macht über einen anderen Menschen wohltuend befriedigt. Als Wachtmeister hat er die Kommandogewalt über einen ganz gewöhnlichen Trainsoldaten. Diese

Macht kostet er immer wieder aus. Nein, das von seiner bösen Wollust sagt er dem Lieutenant selbstverständlich nicht. »Reine militärische Erziehungsmaßnahme!«, meldet er. »Der Trainsoldat Bayh ist so furchtbar verstockt und obendrein dumm wie Bohnenstroh!«, berichtet der Wachtmeister. »Und ich will ihm wenigstens beibringen, dass er jederzeit auf seinen Namen hört und ihn hersagen kann.«

Plötzlich kommandiert der Lieutenant: »Halt Er an!« Da kann er nur mich meinen. Sonst marschiert ja keiner. Dann befiehlt er: »Komm Er her!« Selbstverständlich befolge ich das sofort.

»Dumm ist er?«, fragt der Lieutenant den Wachtmeister, und er zeigt auf mich. »Furchtbar dumm?«

»Noch dümmer! Richtig blöd ist er, Euer Wohlgeboren!«

Der Lieutenant mustert mich.

Vor Schmutz kann ich kaum aus den Augen schauen und deshalb schäme ich mich wie ein Nackter in der Kirche. Von unten bis oben bin ich mit Kasernenhofdreck voll gekleckert.

»Wie heißt Er?«

»Adam Feu... nein! Georg Bayh!«, stottere ich. So geht es mir immer, wenn ich unvermittelt gefragt werde. An den Bayh kann ich mich einfach nicht gewöhnen.

Was mag der Offizier von mir denken? Dass ich wirklich so dumm bin! Eigentlich sieht der Herr Lieutenant recht anständig aus. Er muss noch sehr jung sein. Seine Stimme kiekst zwischendurch immer wieder in Stimmbruchmanier. Der Herr Lieutenant scheint das gleiche Problem wie ich zu haben. Er muss aufpassen, dass seine Stimme nicht überschnappt, weil dann die anderen immer das Gesicht verziehen und grinsen. Ärgerlich! Wie alt der Lieutenant wohl sein mag? Soldaten müssen mindestens achtzehn Jahre alt sein. Jüngere gibt es nicht. Man will ja schließlich keine Kinder in der Armee haben. Außer mir. Aber das ist eine ganz andere Geschichte. Bei mir ist es glatter Betrug. Bei einem Lieutenant kann das ziemlich normal sein. Siebzehnjährige adelige Offiziere gibt es angeblich öfter. Das ist nichts Außergewöhnliches. Ein Adeliger wird bereits mit zehn Jahren Kadett und da kann er mit siebzehn schon Lieutenant sein.

Unlängst hat ein Sergeant geplaudert, er kenne da einen Adeligen, der habe überall in der Welt Verwandte. Die männlichen wären samt und sonders irgendwo beim Militär. Da sei ein Onkel als Oberst bei den Preußen, ein Bruder Rittmeister bei den Österreichern, ein Vetter in englischen Diensten, einer gar General beim russischen Zaren und einer beim türkischen Sultan. Die ganze Sippschaft kenne und helfe sich gegenseitig. Deswegen würden die dümmsten Adeligen etwas. Zumindest beim Militär.

Der junge Lieutenant betrachtet mich lange und gründlich.

»Na! Wie heißt Er nun wirklich? Adam Feu oder Georg Bayh?«, fragt er unvermittelt.

Der Wachtmeister drängt sich vor.

»Euer Wohlgeboren sehen es nun selbst. Der Bursche ist so selten dumm, dass er nicht einmal seinen Namen weiß. Ich glaube, er ist richtig blöd.«

»Red Er nur, wenn Er gefragt wird!«, schnauzt ihn der Offizier an. Dann befiehlt er mir, dass ich mich sofort manierlich zu säubern, alsdann in den Offiziersbau zu begeben und mich bei ihm, dem Lieutenant Graf Lämmersdorf, zu melden habe. Dort müsse ich dann die Hose in ihren besten Zustand zurückversetzen.

Dann fragt der Lieutenant den zu einer Säule erstarrten Wachtmeister: »Der Trainsoldat Bayh oder Feu oder wie er auch heißen mag, ist wirklich dumm?«

»Absolut!«, schmettert der Wachtmeister dienstbeflissen.

Der Lieutenant sinniert vor sich hin.

Ein anderer Lieutenant geht vorbei, bleibt stehen, besieht mich, den dreckigen Trainsoldaten. Die Herren Offiziere kennen sich anscheinend. »Der könnte es sein!«, sagt der erste zu dem zweiten Lieutenant überlegend und ohne auf mich und den Wachtmeister zu achten. »Ich brauche Ersatz für meinen Diener. Der ist eine Klatschbase. Wo kommen wir hin, wenn ein Offiziersdiener alles hinausträgt, was er bei uns hört und sieht? Ein Offiziersdiener muss wie das Grab schweigen können.«

»Und?«, fragt der zweite Lieutenant. »Was hat das mit diesem dreckigen Individuum zu tun?«

»Der junge Trainsoldat hat da gewisse Vorteile«, sagt der eine Lieutenant. »Er ist angeblich so strohdumm, dass er mit seinem eigenen Namen Schwierigkeiten hat. Und es gibt keinen besseren Offiziersdiener als einen blöden. Andererseits wird er sogar nach was aussehen, wenn er anständig gesäubert und gekleidet ist.« Die beiden Lieutenants lächeln fast gleichzeitig vor sich hin.

»Kapiert?«, fragt der eine.

»Katzendreck und Hosenschiss!«, sagt der andere. »Wenn der junge Bursche wirklich so dumm ist, dann wird er von den Gesprächen der Offiziere gar nichts mitbekommen. Und wenn er was versteht, versteht er es doch nicht richtig. Zum Putzen braucht er nicht gescheit zu sein. Da langt eine kleine Menge Hirn. Und was er nicht kann, wird man ihm im Laufe der Zeit beibringen.«

»Eben!«, triumphiert der erste Lieutenant, und dem

Wachtmeister zischt er ins Gesicht: »Das geht Ihn übrigens gar nichts an.«

»Jawohl! Geht mich nichts an!«, bestätigt der Wachtmeister.

Mit mir redet weder der eine noch der andere noch der dritte, und fragen tut mich natürlich auch keiner. Ich habe bislang gar nicht gewusst, wie blöd ich eigentlich bin. Beim Militär aber ist alles möglich. Da darf man sich nicht einmal wundern.

So kommt es, dass ich meine Unterkunft bei den Pferden verlassen muss und in eine kleine Kammer im Offiziersbau einziehe. Nein, eitel Freude erfasst mich nicht. Pferde wären mir viel lieber als ein wohlgeborener Herr Offizier. Mit Pferden kann ich umgehen, mit einem adeligen Herrn nicht. Aber vielleicht lerne ich das noch. Mit den Pferden geht es ja auch.

7

Die Zeit marschiert im gewohnten Rhythmus durch die Kaserne.

Ich lebe nun bei einem Lieutenant. Nach ein paar Tagen merke ich, dass so ein Offizier auch nur ein Mensch ist. Manchmal hat der wohlgeborene Herr überhaupt nichts Adeliges an sich. Wenn es niemand sieht, benimmt er sich oft so gewöhnlich wie ein Pferdebursche. Aber das gefällt mir an ihm.

Also, schlecht ist die neue Arbeit nicht. Ich brauche nur wie ein halber Knecht zu arbeiten. Oder noch weniger. Mit dem Essen von meinem Lieutenant habe ich nichts zu tun. Die Offiziere essen immer gemeinsam. Da bleiben sie unter sich. Sie haben einen eigenen Koch oder gar zwei, damit sie nicht so gewöhnlich wie die Soldaten zu essen brauchen. Morgens wecke ich meinen gnädigen Herrn. Ich bürste die Lieutenants-Uniformröcke, ziehe abends die Stiefel von seinen Füßen, poliere sie spiegelblank, wasche seine Hosen und Socken und mache Botengänge und sonst was. Mein neuer Dienst ist erträglich, leicht und gut. Lauter einfache Arbeiten. Überhaupt keine Knochenarbeit. Kein Stallausmisten, keine vollen, schweren Schubkarren auf den Misthaufen! Und jeder Handgriff wird mir extra befohlen. Was nicht befohlen wird, brauche ich auch nicht zu tun. Hält mich der Lieutenant wirklich für so dumm, dass er mir jeden Furz vorsagen muss? Als ob ich überhaupt kein Hirn hätte. Egal. Viel wichtiger ist, dass nun der Wachtmeister Krauter seine Macht über mich verloren hat. Er kann mich nicht mehr schikanieren. Denn ein Lieutenant ist viel höher und hat daher mehr zu sagen als ein Wachtmeister.

Der Lieutenant hat zwei Reitpferde. Prachtstücke. Echte Araber. Aber an die lässt er mich nicht ran. Auch wegen meiner Dummheit? Er hat seinen eigenen Pferdeburschen von zu Hause mitgebracht. Ein beneidenswerter Pferdeknecht!

Die Schlafkammer ist zwar winzig klein, aber ich brauche sie mit niemandem zu teilen. Auch mein Bett nicht. Noch nie in meinem Leben habe ich in einem eigenen Zimmer geschlafen. Was will ich mehr? Das ist schon ein großer Fortschritt. Ich bin auf einmal richtig vornehm geworden. Eigentlich geht es mir jetzt viel besser als früher bei meinem Bauern.

Und mein Herr Offizier? Der ist verdammt jung und verwöhnt. Sicherlich gehört er von Geburt an zu den Menschen, die so reich sind, dass ihnen das Brot von selbst in den Mund hineinwächst. Und bestimmt hat er noch nie einen Stall ausgemistet oder einen Kater mit zwei Steinen kastriert. Trotzdem ist er einigermaßen in Ordnung, auch wenn er nur halb fertig ist. Wie ein Fohlen, das noch ein Pferd zu werden hat. Im Moment steckt er zwischen Muttermilch und Männertrunk, würde der Altknecht sagen. Aber er hat schon einen Offizierssäbel umhängen und Epauletten auf den schmächtigen Schultern, und die geben ihm eine Menge Befehlsgewalt.

Mit meinem neuen Leben bin ich vollauf zufrieden. Ich kann mich satt essen, habe ein Dach über dem Kopf, keine Flöhe und Läuse und die Uniform passt. Die himmelblaue, nicht mehr sauber zu kriegende Montur habe ich gegen eine grüne eintauschen müssen. Gerne! Und mit der neuen grünen Uniform gehöre ich nun nicht mehr zur Reitenden Artillerie, sondern wie mein gräflicher Lieutenant zu einem Jäger-Regiment zu Pferd.

Und plötzlich darf ich nicht nur reiten, ich muss es sogar. So schnell ändert sich manchmal das Leben. Mit dem Reiten gibt es bei mir keine Schwierigkeiten. Schließlich bin ich schon als kleiner Knabe auf Pferden gesessen, auf dem blanken Rücken. Da ist es in einem Sattel viel einfacher. Da passt der Hintern ganz anders hinein.

Der Lieutenant will keine Krautscheuche um sich haben, deshalb war er extra bei der Einkleidung dabei. Er hat dafür gesorgt, dass der Boden meiner neuen Hose nicht in den Kniekehlen hängt. Es ist also alles in bester Ordnung. Nein, es wäre alles in bester Ordnung, wenn der Lieutenant mich wie einen normalen Menschen behandeln würde. Das tut er aber nicht. Er geht mit mir um, als wäre ich noch ein kleiner Rotzbub oder ein Mensch mit einem unterentwickelten oder zu klein geratenen Hirn.

Daran verzweifle ich schier. Bin ich wirklich so eine dumme, halbe Portion?

Vielleicht kann der Herr Lieutenant gar nichts dafür? Möglicherweise sind die adeligen Herren alle so und sie sehen in den übrigen Menschen immer nur Dumme, denen man alles befehlen muss?

Jeden Abend besuchen sich die wohlgeborenen Herren. Gegenseitig. Mal kommen sie bei dem und mal bei jenem Offizier zusammen. Manchmal treffen sie sich auch bei meinem Lieutenant. Dann muss ich Wein und Birnenschnaps auftragen und laufend Gläser nachfüllen. Das kann die halbe Nacht dauern. Um Mitternacht hört der Spuk meistens auf. Weil es im Offiziersbau auch ein paar Herren gibt, die nicht mehr so viel saufen können und altershalber ihren Schlaf brauchen. Die jungen Lieutenants aber trinken literweise Wein, rauchen wie die Kroaten aus stinkenden Pfeifen und reden allerhand Zeug zusammen. Das hörte sich am Anfang ziemlich gescheit an, aber bald merke ich, dass überhaupt nicht viel dahinter steckt. Da ist es sogar gut, wenn ich den Schmarren gleich wieder vergesse. Manchmal reden die Herren französisch. Das klingt vornehmer und gescheiter. Weil ich es überhaupt nicht verstehe. Dabei lachen die Herren meist so irre wie der Großknecht, wenn er der Großmagd auf den Hintern oder unter den Rock langt. Je mehr Wein die Offiziere trinken, umso dümmeres Zeug reden sie. Fast jedes Mal muss ich anschließend ihre Kotze wegputzen. Die meisten Herren Lieutenants können nämlich nicht abschätzen, wie viel Wein sie in sich einfüllen dürfen, bis sie überlaufen.

Nach solchen Gelagen liegt mein Lieutenant dann immer zerstört und weiß und bleich wie sein Nachthemd im Bett. Und brav wie ein kleiner Hund. Das ist für ihn und für mich keine gute Zeit. Mein Herr ist hinterher in so einem üblen Zustand, dass er Schwierigkeiten mit den adeligen Manieren hat. Zum Schluss beginnt der junge Graf auch noch herzerweichend zu wimmern und zu schluchzen und nach der Mutter zu rufen. Dann blockieren Gestrüpp oder riesige Misthaufen die normale Vernunft in seinem Kopf, und seine Seele hat eine Menge Matsch zu verkraften. In diesem Stadium kann ich ihn nicht allein lassen. Ich muss an seinem Bett sitzen, den Eimer bereithalten und zur Beruhigung wahllos Geschichten erzählen. Solche, die ich von den Knechten und Mägden meines Bauern gehört, und andere, die ich selbst erlebt habe. Oder ich fabuliere alles Mögliche und Unmögliche zusammen. Wie das die Alten mit den Märchen tun. Wahrscheinlich ist das der Lieutenant von seiner Mutter oder seiner Amme oder irgendeiner Kindertante so gewohnt. Meist schläft er dabei ein. Der Schlaf reinigt Seele und Körper und bringt ihn wieder einigermaßen ins Gleichgewicht. Bis zum nächsten Mal.

8

Die letzten Februartage sehen gut aus. An der sonnigsten Stelle des Kasernenhofes blüht der erste Huflattich. Natürlich macht ein Huflattich noch keinen Frühling. Aber er ist immerhin eine kleine Andeutung. Noch drei, vier Wochen. Dann verschwinden Winterbraun und Wintergrau. Dann käme auf dem Bauernhof die harte, aber schöne Zeit. Wenn man direkt zusehen kann, wie alles zu wachsen beginnt. Dann würde vom Morgengrauen bis in die Abenddämmerung hinein gearbeitet, damit alles für das große Wachstum vorbereitet ist.

Ohne mich! Dieses Mal werde ich nicht dabei sein. Bei den Soldaten spielt der Frühling keine so große Rolle. Da ist es egal, ob etwas heranwächst oder nicht. Sicherlich eignet sich die wärmere Jahreszeit besser für Krieg und Schlacht. Vielleicht wegen der dünnen Uniformen und weil es mehr Pferdefutter gibt.

Ein halbwarmer Abend. Die Lochkaserne ist unruhig. Im Offiziersbau geht es wie in einem Taubenschlag zu. Die Herren hasten aufgeregt hin und her.

Auch mein Lieutenant hat vor Aufregung rote Backen.

»Endlich geht es in den Krieg!«, sagt er wie ein Erstklässler, der es eilig hat, in die Schule zu kommen. »Alles feldmarschmäßig zusammenpacken!«, befiehlt er. »Morgen früh rücken wir ab!«

Krieg? Trotzdem freue ich mich. Endlich komme ich in die große Welt hinaus. Vom Krieg habe ich keine Ahnung. Ich kenne ja keinen und weiß nur vom Hörensagen, dass im Krieg die Soldaten aufeinander schießen und stechen und säbeln. Und wenn man selbst dabei ist, muss man halt aufpassen, dass die Kugeln nur vorbeifliegen und die Lanzen und Säbel danebenstechen und -hauen. Der Krieg macht auch Helden, die nachher aber meistens tot sind. Außer den Generälen. Die können Helden werden, ohne dass sie vorher sterben müssen.

Der Pferdebursche des Lieutenants wird plötzlich krank. Wahrscheinlich hat er Schiss vor dem Krieg. Er ist ja kein Soldat, sondern nur Pferdebursche. Warum soll er in den Krieg ziehen? So bekomme ich dessen Reitpferd. Und weil ein gräflicher Lieutenant nur auf- und abzusteigen und darauf zu reiten pflegt, es aber selbstverständlich nicht striegelt und füttert, habe ich plötzlich nicht nur ein Pferd, sondern gleich drei. »Behandle Er sie gut!«, sorgt sich der Lieutenant. »So wahr es Sonne, Mond und Sterne gibt, mache ich Straßenschotter aus Ihm, wenn den Pferden etwas passiert«, sagt er recht ernsthaft kieksend.

Da braucht er sich nicht zu sorgen. Pferde sind mir sowieso das Liebste auf der Welt, weil sie meistens anständiger sind als die Menschen.

Angeblich ist auch der Kronprinz Wilhelm in der Kaserne.

Welcher ist es? Der mit dem Bart?

Wahrscheinlich, weil die Generäle so um ihn herumscharwenzeln.

Muss er wohl sein! Wer sonst?

Eine kleine Leibgarde, dann er, hinterher Generallieutenants und Generalmajore und andere prächtige Offiziere. Lange halten sie sich nicht auf. Sie nehmen nur im Offiziersbau einen Imbiss ein. Die Messe ist völlig abgesperrt. Niemand außer den ganz hohen Militärischen darf hinein. Mein Lieutenant darf. Sein Onkel, der Oberst und Regimentskommandeur ist, will ihn dem Kronprinzen vorstellen. Er ist ja nicht irgendwer, sondern der Abkömmling eines alten Grafengeschlechtes.

Das Jäger-Regiment zu Pferd verlässt frühmorgens zur vorgeschriebenen Zeit die Kaserne und reitet eine Stunde später über den Neckar. Drüben ist ein kleines Dorf mit einer Kirche und niedrigen Bauernhäusern. Das ganze Dorf bebt und zittert, als sich die farbenprächtige, pferdehufdonnernde Kolonne auf der schmalen dreckigen Straße durch den Ort zwängt.

Ich bin ziemlich stolz, zu solch einem herrlichen Regiment zu gehören. Und mit dem darf ich in den Krieg ziehen. Der Krieg? Er kann so schlecht nicht sein. Jedenfalls werden wir alles niederreiten. Es ist eine Lust,

Soldat zu sein. Vor allem, weil ich auf einem wunderbaren Araber sitze. Und mit solch einem Pferd und der prächtigen Armee kann der Krieg nur schön werden.

Wo der Krieg ist, weiß niemand so genau.

Nach Spanien, sagen die einen. Dort soll es immer warm sein. Und die Mädchen sind die schönsten auf der Welt. Schwarz und rassig und knusprig wie Honigkuchen.

Nach Osten, sagen die anderen. Nach Russland! Wohin sonst? Das weiß doch die ganze Welt, Napoleon will Russland erobern! Russland ist nicht so gut. Da ist es kalt und die Mädchen sind nicht halb so schön, sondern nur dick und plump.

Angeblich ist auch der Kronprinz bei der Armee. Aber er reist nicht mit unserem Regiment. Er schlägt einen anderen Weg ein!

Wenn der König seinen Sohn mitschickt, ist der Sieg schon in der Tasche. Kunststück! Mit solch einer Armee und dem unbesiegbaren Napoleon an der Spitze!

Vielleicht habe ich das Glück, den größten Feldherrn aller Zeiten einmal zu Gesicht zu bekommen.

Die Februarsonne wärmt immer angenehmer. Mit mäßigem Tempo stampfen und trampeln die Regimenter durch das Land. Die Räder der Kanonen und die vielen Bagage- und Fouragewagen zermalmen die großen Straßen. Gemächlich windet sich der mächtige Heerwurm dahin. Nur keine übertriebene Eile! Die Kräfte von Pferden und Soldaten müssen für den Kampf mit dem Feind aufgespart werden. Und der Nachschub darf nicht zu weit hinten bleiben.

Die Regimenter ziehen weiter nach Norden. Liegt dort Spanien? Niemand weiß recht, wo Spanien ist. Russland? Wahrscheinlich zieht die Armee doch gegen Russland. Die meisten glauben es. Egal, ob Spanien oder

Russland, das große Heer wird wenig Federlesen machen und beide zusammenschießen und niederreiten. Einfach niederwalzen.

Eine Stadt kommt in Sicht. Das Regiment reitet daran vorbei. Das ist doch die Stadt, in der mich vor einem Vierteljahr mein Bauer im Stich gelassen hat! Nur nicht daran denken!

In einem Tal macht das Regiment Nachtquartier. Die Dörfer füllen sich mit den Soldaten des Jäger-Regiments zu Pferde. Wie es sich für einen Grafen gehört, kommt mein Lieutenant im Schloss unter. Kunststück! Er ist mit dem Schlossherrn verwandt. Mit welchen Adeligen ist er eigentlich nicht verwandt? Ich trabe hinter ihm drein, um meinen Pflichten als Offiziersdiener nachzukommen. Selbstverständlich werde ich nicht im Schloss einquartiert. Das ist nicht standesgemäß und außerdem habe ich meinen Platz bei den Pferden. Der Stall ist geräumig. Die meisten Offizierspferde und -diener finden Platz darin. Es gibt Rüben, Heu und Hafer für die Pferde und für die Diener reichlich Brot und Birnenmost. Ich ziehe die Uniform aus, vergrabe mich neben meinen Pferden ins Heu und schlafe glücklich wie ein müder Wanderer, der sein Ziel erreicht hat. So mag ich die Welt und wer kann es mir verdenken, dass ich mit meinem neuen Leben zufrieden bin. Der Krieg lässt sich gut an.

Nur noch ganz selten denke ich an meinen Bauern, an dessen großen Stall und den vielen Mist.

9 Meistens ist das so: Da glaubt der Mensch bereits im Himmel zu sein und plötzlich fällt er aus allen Wolken heraus in den tiefsten Dreck hinunter.

Es muss Ende Februar sein. Da passiert mir das mit dem Himmel und dem Dreck.

Dabei fängt der neue Tag gar nicht schlecht an. Ich füttere die Pferde. Dann striegle ich sie, bis sie jauchzend wiehern. Ich freue mich, wenn sich mein Lieutenant freut, und der freut sich, wenn sich die Pferde freuen. Wenn sie schön und kerngesund dastehen.

Vor dem Schloss warte ich, bis ein Fenster aufgeht. Dann weiß ich, dass mich mein Herr braucht. Allein kommt er in die Stiefel nicht hinein und mit der engen Hose hat er auch seine Schwierigkeiten.

Eine Stunde später stürze ich aus meinem Himmel.

Das Regiment liegt immer noch in dem Dorf mit dem Schloss. Der Lieutenant steht plötzlich vor mir, so verlegen und unsicher, als habe er seine Hose voll gedonnert. Er kann mir nicht in die Augen schauen und erklärt mit tiefer und hoher kieksender Stimme, dass ihm sein Vater für den heimgekehrten kranken Pferdeknecht gleich zwei neue geschickt hat. Die sind beide sehr erprobte langjährige gräfliche Diener, aber auch gediente Soldaten, und die wollen oder sollen oder müssen nun mit ihm, dem Herrn Lieutenant, in den Krieg ziehen. Und auf ihn aufpassen! Befehl des alten Grafen! Mit dem Herrn Oberst ist alles geregelt. Wie das unter adeligen Herren so üblich ist.

Da bin ich ganz schnell überflüssig. Von einem Moment auf den anderen. Der gnädige Herr Lieutenant bedauert es zwar sehr. Ich sehe es ihm an. Aber er braucht mich eben nicht mehr. Drei Diener sind zu viel. Die kann ihm der Oberst nicht gestatten.

Ich bin wie erschlagen.

Und gehe.

So falle ich direkt vom Himmel mitten in den Dreck hinein. Und der Dreck liegt am anderen Ende des Regiments. Auf einer Strohschütte neben Mist und einem Pferd werde ich einquartiert. Der Platz ist mies und das Pferd neben mir noch mieser. Eine Ausgeburt von Vieh. So ist es anscheinend üblich. Wer zuletzt kommt, kriegt das schlechteste Pferd. Einen Gaul, den sonst kein Mensch mehr haben will. In der anderen Ecke liegen auch zwei Reiter vom Jäger-Regiment. Die Schadenfreude guckt ihnen zum Gesicht heraus. Der eine hat mich irgendwann auf dem noblen Araber reiten sehen. Jetzt gratuliert er mir zu dem neuen Pferd. »Es ist der übelste Klepper, das bösartigste Ungetüm des Regiments. Der Teufel selbst hat das Biest im Übermut oder Zorn geschaffen.«

Deswegen geht die Welt nicht unter, überlege ich. Und kommt Zeit, kommt Rat, und außerdem sollte ich nicht unzufrieden sein, denn es hätte ja noch viel schlimmer kommen können! Das Pferd schaut mich einen Augenblick lang abschätzend, ein wenig traurig, aber nicht bösartig an. Also hat es bei aller Hässlichkeit eine gute Seele. Ich werde mich mit ihm anfreunden, es behutsam, aber streng behandeln, und dann müsste es schon der Teufel selber sein, wenn ich mit ihm nicht fertig würde. Ich will mich zumindest bemühen. Es muss gelingen! Schon wegen der hämischen Gesichter um mich herum. Wieder schaut mich das Pferd nicht unfreundlich an. Ich streichle es vorsichtig. Keine Gegenwehr. Also, das ist schon was! Ein Pferd ist schließlich kein Mensch und deshalb nicht halb so bösartig.

Schon am nächsten Tag folgt das Pferd. Es hat nichts dagegen, wenn ich auf ihm sitze. Ich bin richtig stolz und die Reiter in meiner Nähe haben plötzlich Respekt und hänseln mich nicht mehr.

Doch ich darf nicht aufatmen. Der Absturz kommt noch viel tiefer.

Das Jäger-Regiment zu Pferd will mich überhaupt nicht mehr haben. Weil es nicht angeht, dass im Regiment plötzlich ein Mann zu viel ist. Zu wenig, ja, das gibt es fast immer! Aber zu viel? Das hat es noch nie gegeben. Von einer Stunde auf die andere werde ich zu den Kanonen zurückversetzt. Man weiß, wo ich herkomme, und fragt dort an. Ja, natürlich fehlt der Trainsoldat Bayh, sagt man bei der Reitenden Batterie. Ein gewisser Wachtmeister Krauter braucht mich ganz dringend. So dringend, dass der Russlandkrieg ohne mich nicht gewonnen werden kann. Die Kanonen brauchen mich! Unbedingt.

Ich hätte mich vor Zorn und Angst in der Mitte auseinander reißen können. Die Batterie liegt im Nachbardorf. Da kann ich zu Fuß hingehen. Es wird ein schwerer Gang. Ob ich fliehen soll? Geht nicht! In der grünen Uniform. Jedes Kind würde mir meilenweit ansehen, dass ich ein Jäger zu Pferd und kein Landmann bin. Da müsste ich schon nackt weglaufen. Geht auch nicht! Wegen der Schamhaftigkeit und weil es noch zu kalt ist.

Der Wachtmeister Krauter nimmt mich gleich in Empfang. Die Schadenfreude schaut ihm zu den Nasenlöchern heraus. Er bewundert die schöne grüne Jäger-Uniform. Lächelnd garantiert er mir, dass er dieselbe in wenigen Tagen in Dreckbraun umfärben werde. So braun, wie es die frühere himmelblaue gewesen war. »Von außen und von innen!«, prophezeit er höhnisch.

Nun bin ich wieder Trainsoldat, versorge zwei gewaltige Riesenpferde und spanne sie mit anderen vor die schweren Siebenpfünder-Haubitzen. Der Wachtmeister karnüffelt mich, wo er nur kann, und er holt alles nach, was er durch meine Abwesenheit versäumt hat. Weil er mich im Krieg nicht immer durch Pfützen marschieren lassen kann, hat er sich Neues ausgedacht. So darf ich zum Beispiel als Einziger hinter dem Siebenpfünder herlaufen. »Du musst immer aufpassen, dass nichts verloren geht!« Weil ich auch nicht richtig ausschlafen kann, stolpere ich hinter der Kanone her. Kaum hat die Reitende Batterie nach langem Marsch das Tagesziel erreicht, werde ich zur Wache eingeteilt. Da ist es kein Wunder, dass mir vor Müdigkeit der Löffel aus der Hand fällt. Wenn die anderen schlafen, stelze ich schlaftrunken zwischen Kanonen und Pferden hin und her. Und zwischendurch poliere ich die bronzenen Geschützrohre. Zu jeder Tages- und Nachtzeit habe ich darauf herumzuwischen. Wahrscheinlich sind sie durch mein ewiges Putzen schon kleiner geworden.

Der Krieg ist nun gar nicht mehr schön. Der Krauter hat ihn gründlich verdorben. Zu allem Überfluss bluten meine Zehen in die Schuhe hinein. Die guten, passenden Stiefel sind eines Morgens verschwunden. Dafür stehen zwei ausgelatschte Fußbehälter da. In denen rutsche ich hin und her und stoße mit Zehen und Fersen an die harten Wände.

Wer hat meine guten Schuhe gestohlen? Wer tut so was? Der Wachtmeister? Was ist das für ein hässlicher Krieg, in dem der Feind kein Russe, sondern ein Wachtmeister von der eigenen Truppe ist?

Aber so ganz allein bin ich doch nicht. Die meisten Trainsoldaten mögen mich, und sie zeigen es mir auch. Wenn es der Wachtmeister nicht sieht und hört. Auch sie haben unheimlich Angst.

Mittlerweile muss es März geworden sein. Immer

mehr Soldaten und Pferde strömen aus dem Süden herbei. Im Hohenlohischen finden sie zusammen. Marschierende Soldaten, prächtige Reiter auf leichten und schweren Pferden, Geschütze und Planwagen. Und die herrlichen Uniformen! Alle Farben, viel Blau und Grün und Gelb und Rot. Das muss ein wunderbares Bild von oben ergeben. Gott ist bestimmt begeistert. Wohlgefällig, wie ein großes und schönes Blumenfeld kann er die farbenprächtige königliche Truppe zu seinen Füßen ziehen sehen.

Aber ich habe blutige Füße.

An einem trüben Morgen stellen sich die württembergischen Regimenter zur Parade auf. Ein größeres Schloss liegt im Dunst. »Es gehört den Fürsten zu Hohenlohe!«, sagt jemand. Alle polieren und putzen und striegeln. Nicht nur ich. Die ganze Truppe ist fleißig und aufgeregt. Kommt es schon zur Schlacht? Nein! Natürlich nicht. Vor der Schlacht putzt man die Kanonen nicht mehr und außerdem sind wir ja noch im eigenen Land. Nach Russland ist es viel weiter. Hundertmal weiter! Bestimmt ein paar tausend Kilometer!

Dann springt es wie Lauffeuer von Regiment zu Regiment.

»Der König kommt.«

»Er will von seinen ausziehenden Soldaten Abschied nehmen!«

Der gute König!

Auf einer langen und breiten Wiese steht er mit dem Kronprinzen und etlichen Generälen und Hofleuten. Natürlich alle hoch zu Ross. Damit sie nach was aussehen und mächtig wirken. Im Galopp preschen die Regimenter vorbei. Das ist das einzige Mal, dass ich nicht zu laufen brauche. Ich darf an der Kanone sitzen. Die schweren Haubitzen hüpfen über die Unebenheiten der

Wiese. Schnell, schnell! Der König hat wenig Zeit. Angeblich. Er will alle seine in die Schlacht ziehenden Truppen sehen und verabschieden.

Viel sehe ich nicht. Eigentlich nur das kräftige Pferd, auf dem der König sitzt. Was für ein Riesenvieh! Eine schwere Sonderanfertigung der Natur? Die braucht der König auch, damit sein überhängender Bauch genügend Platz findet und sein Gewicht das Pferd nicht totdrückt.

Schnell ist der Spuk vorbei.

Nachher wird viel darüber geredet. Natürlich heimlich und fast unverständlich leise. Damit es ja niemand Unrechter sieht und hört. Der hübsche junge Mann neben dem dicken König ist angeblich dessen Busenfreund, ein gewisser Graf Dillen.

Was wohl ein Busenfreund ist? Sicherlich etwas ganz Besonderes, denn der Galan hatte eine Generalsuniform an und ein wunderbares rassiges Pferd unter dem Hintern. Die Sergeanten und Wachtmeister grinsen hinterhältig. Vielleicht sind sie nur unverschämt oder sie wissen etwas, was ich nicht weiß.

Darf man denn über die Majestät, den Allerhöchstdenselben, den König, so grinsen? Ohne dass man sofort von Gott bestraft wird?

10

Am nächsten Morgen rücken die Regimenter ab. Wir ziehen weiter nach Norden, ins ausländische Frankenland. Davon habe ich noch nie was gehört. Welch ein Jammer, dass ich in der Schule von den fremden Ländern nur Palästina kennen gelernt habe. Der Schulmeister hat wohl selbst nicht mehr gewusst. Die Gescheiten und Gereisten, die sich in der Welt ein wenig besser auskennen, sagen begeistert: »Hier beginnt das Paradies. Da gibt es süßen Wein in Hülle und Fülle.« Aber ohne Geld gibt es auch im Paradies nichts. Irgendwo soll ein königlicher Militärzahlmeister, der Auditor, mit der großen Kasse sein. Aber wo? Weiter hinten? Zu uns ist er jedenfalls noch nicht gekommen. Also gibt es keine Löhnung. Und keinen Wein. Die Offiziere haben immer Geld. Jeden Abend können sie sich besaufen. Wenn sie wollen. Die meisten wollen. Wer weiß denn, wie lange man noch lebt?

Lustig ist das Soldatenleben! Für die Herren Offiziere. Vor allem im Krieg!

Der Wachtmeister Krauter hat kein Geld und trinkt trotzdem Wein. Er verkauft einfach heimlich das Zaumzeug von einem Zugpferd. Nachher schiebt er mir die Schuld zu. Ich habe auf Wache geschlafen, und seither wäre es weg, das Zaumzeug. Alle glauben dem Wachtmeister und nicht mir. Der eine hat einen Säbel und ich keinen. Ein Gewissen oder so was Ähnliches plagt den Krauter nicht. Am liebsten hätte ich ihn mit der Siebenpfünder-Haubitze auf den Mond geschossen. Monatelang werde ich nun keinen Kreuzer Löhnung bekommen. Bis das Zaumzeug bezahlt ist.

Was für ein Hundeleben! Wenn nur der richtige Krieg mit den Russen bald losginge! Mit einer großen Schlacht, in der die Feinde zu sehen sind. Dass dieses ewige Marschieren ein Ende hat und der Wachtmeister Krauter auch etwas anderes zu tun bekommt, als mich zu schikanieren. Aber der richtige Krieg mit einem Feind und hin und her fliegenden Geschossen kommt nicht. Noch nicht!

Unser Regiment zieht weiter durch das wundervolle

Frankenland. Ein reiches Land! Keine Handtuchfelder und steinigen Böden wie zu Hause. Alles groß und satt. Wie schön es wäre, wenn ich mich auch ein wenig freuen könnte! Wünsche ich mir.

Und ich wünsche noch etwas anderes. Der Wachtmeister! Der Hund! Wie gern würde ich ihn los. Es sollte wie in dem Märchen sein, das mir Vater einmal ganz früher erzählt hat, als ich noch recht klein war. Da hatte ein Bauer drei Wünsche frei. Ich bräuchte keine drei Wünsche. Ein einziger würde mir reichen. Was ich mir wünschen würde? Da bräuchte ich nicht lange überlegen. Der Wachtmeister Krauter sollte vom Pferd stürzen. Besoffen, wie er immer ist. Er müsste sich ja nicht gleich das Genick brechen. Die Arme und Beine täten es auch. Nur invalide und militäruntauglich müsste er werden!

Solcherart unchristliche Gedanken geistern in meinem Kopf herum. Märchen gibt es doch noch! Einen ganzen Tag lang sauge ich mich an einem derartigen Wunsch fest. Ich denke an nichts anderes mehr. Nur an den kaputten Wachtmeister. Wenn ich in seiner Nähe bin, fixiere ich ihn. Der Kopf könnte mir schier platzen, so sehr strenge ich mich an.

»Stoßt den Wachtmeister Krauter vom Pferd!«, beschwöre ich leise die Hilfe dunkler Mächte. Die sollen Krauters Schicksal besiegeln.

Aber der Wachtmeister sitzt fest im Sattel und schikaniert mich unermüdlich weiter.

An einem Nachmittag gelingt es mir dann doch beinahe. In der Ferne liegt die Veste Coburg. Ein wunderbares Märchenschloss. Wie schön die Welt doch ist! Nein, wäre!, bedauere ich. Wenn mich der Wachtmeister in Ruhe leben ließe. Der denkt aber nicht daran. Lange halte ich das nicht mehr aus. Bald werde ich den Krieg gegen den Krauter verlieren.

Da kommt der Zorn ganz fürchterlich über mich. Ich strenge mich besonders an, und plötzlich geschieht es.

»Wachtmeister!«, befehle ich heimlich, aber mit überirdischer Kraft. »Rutsche aus dem Steigbügel und kippe ab! Falle so anständig, dass du dir ein paar Rippen abknickst oder sonst was brichst!« Das wünsche ich so stark, dass mir die Adern im Kopf anschwellen und wehtun.

Vielleicht blinzle ich ein wenig daneben oder der Wachtmeister ist zu besoffen, Besoffene haben ja bekanntlich einen besonderen Schutzengel, oder es ist doch nur wieder so ein komischer Zufall, jedenfalls rutscht nicht der Wachtmeister Krauter aus dem Steigbügel, sondern sein Nachbar. Ohne Halt kippt er seitwärts ab. Und zu allem Überfluss tritt das nachfolgende Pferd auch noch auf den am Boden liegenden Reiter, was ein Pferd selten tut. Dem Wachtmeister jedoch passiert nichts.

Ich habe mich völlig umsonst geplagt. Gott sei Dank kommt niemand auf die Idee, dass ich Schuld an dem Unglück haben könnte. Nicht einmal der Krauter kommt darauf. So viel traut er mir, dem Trainsoldaten Bayh, gar nicht zu.

Jedenfalls werde ich weiter Tag und Nacht schikaniert. Meine Verwünschungen steigern sich immer bösartiger. Aber es passiert nichts mehr. Ich habe keinen Zugang zu den teuflischen, zauberischen Kräften. Oder es gibt gar keine solchen Kräfte. Hoffentlich wird der Krieg in Russland gerechter sein und der Wachtmeister Krauter bekommt eine Kanonenkugel auf den Hintern gebrannt.

Der richtige Krieg lässt immer noch auf sich warten. Russland liegt in so weiter Ferne, dass es schier unglaublich scheint, dass man dorthin marschieren kann. Vielleicht gibt es dieses Land gar nicht und die ganzen Armeen marschieren nur wegen einer ausgekochten Laune Napoleons in der weiten Welt umher. Weil Napoleon angeblich immer mit Soldaten spielen will. Mit möglichst vielen. Und dazu braucht er alle jungen Männer von ganz Europa.

Die Armee kriecht in den Thüringer Wald hinein. Da ist das Paradies zu Ende. Es gibt keinen Wein mehr. Dafür schneit es wieder und ein eiskalter Nordwind bläst durch die Uniform. Angeblich soll es bereits Schwierigkeiten mit der Verpflegung geben. Die Bagage kommt nicht nach. Jetzt schon, wo Russland und der Feind noch so weit weg sind! Ein alter Sergeant, der schon früher gegen und mit Napoleon gekämpft hat, flucht lästerlich: »Wie soll das erst werden, wenn wir im Feindesland, in diesem unermesslich großen Russland sind?«

Der erste Hunger kommt. Manche Soldaten haben noch Vorräte.

Ich nicht. Und ich latsche und stolpere weiter hinter der Siebenpfünder-Haubitze her. Meine Zehennägel werden blau. Ich kann kaum noch gehen. Die blutigen Zehenklumpen reiben sich bei jedem Schritt neu auf. Vielleicht wird es besser, wenn ich altes Laub hineinstopfe. Nein, das taugt auch nichts. Neue Schuhe müssen her. Um jeden Preis. Bevor meine Füße und ich selbst mit ihnen kaputtgehen.

Neugierig beobachte ich alle Begleitwagen. Bald finde ich heraus, welche Wagen was geladen haben. Da gibt es einiges, was die einfachen Soldaten nicht wissen. Eine so große Armee schleppt allerlei mit sich durch die Welt. Auch Schuhe und Stiefel. Ich melde mich und zeige meine Füße. »Wo kämen wir hin, wenn wir jetzt schon neue Stiefel ausgeben würden! Außerdem gibt es keine«, sagt der Wachtmeister Krauter. Und weil nur er für mich zuständig ist und sonst niemand, latsche ich weiter in den falschen Fußbehältern. Da bleibt mir nichts anderes als eine schwere Sünde übrig. Eines Nachts stehle ich. Es ist nicht besonders schwierig. In dem Schuhwagen schläft niemand. Natürlich erwischt mich bei dem Diebstahl auch niemand. Schließlich wache ich ja selbst darüber, dass nichts gestohlen wird. So ist es ein ganz großer Vorteil, dass ich über mich selbst wachen kann. Vorsichtig krieche ich in den Wagen hinein und verpasse mir in aller Ruhe anständige, gut sitzende Schuhe. Komisch, ich habe kein schlechtes Gewissen. Obwohl ich den König, Allerhöchstdenselben, bestohlen habe. Damit ich mit dem neuen Glanz nicht auffalle, reibe und kratze ich so lange auf dem schönen Leder herum, schmiere Dreck darauf, bis es unansehnlich und alt aussieht. Wie meine alten Latschen. Jetzt kann ich wieder ordentlich mithalten. Zehen und Fersen beruhigen sich, hören zu bluten auf und heilen noch einigermaßen, bevor die Reitende Batterie die sächsischen Lande hinter sich lässt. Die Nägel der beiden großen Zehen beginnen sich zu lockern. Später, irgendwo hinter Smolensk, verliere ich sie ganz. Aber in meiner Jugend ist das kein Unglück. Unter den blauvioletten unbrauchbaren Nägelschalen wachsen bereits neue, kerngesunde heran.

Kein Mensch hat bemerkt, dass meine Schuhe gar nicht mehr alt, sondern funkelnagelneu sind. Eine Weile hatsche ich noch wie ein Fußkranker hinter der blitzblanken Haubitze her, damit der Wachtmeister Krauter ja auf keine dummen Gedanken kommen kann.

11

Im April wird der Krieg plötzlich wieder schön. Und auch mein Schicksal wendet sich wie das Wetter. Mal schön und mal schlecht.

Die württembergischen Regimenter drücken sich gerade in der Gegend von Leipzig herum. Feindliche Russen gibt es auch hier nicht. Der Feind ist immer noch mindestens tausend Meilen weit weg, sagt der Wachtmeister Krauter. Vielleicht stimmt es auch, denn ein Wachtmeister kennt sich sicherlich auf der Erde besser aus als ein gewöhnlicher Trainsoldat. Wenn ich das alles hin und her überlege, weiß ich wirklich nicht, was ich davon halten soll. Warum sucht sich Napoleon nicht einen Feind aus, der etwas näher dran wohnt. Aber da gibt es angeblich keinen mehr. Die hat er alle schon besiegt. In Gottes Namen, dann zieht das Regiment eben mit ihm nach Russland. Auch wenn es noch so weit weg ist! Falls es dieses Russland überhaupt gibt.

Auf jeden Fall ist der Krieg immer noch kein richtiger Krieg. Von dem hässlichen Krauter abgesehen. Im Moment kann die württembergische Armee auch keinen Feind brauchen. Sie hat vollauf mit sich selbst zu tun. Essen und Fressen werden knapp. So große Armeen essen und fressen zu viel. Das Fressen ist natürlich nur auf die Pferde bezogen.

Bei mir pendeln Glück und Unglück mal wieder hin und her. Jetzt lächelt mich auf einmal das Glück erneut an. Ruckartig rutsche ich auf die gute Seite des Lebens. Ursache sind die zwei herrschaftlichen Diener von meinem früheren gräflichen Lieutenant. Wegen denen ich vor Wochen aus meinem Himmel direkt in die Klauen des Wachtmeisters Krauter gestürzt bin. Jetzt helfen sie mir aus der Patsche. Nicht direkt, denn die beiden kennen mich wahrscheinlich gar nicht und sie sind sowieso schon über alle Berge. Auf und davon! Sie haben wohl vom Krieg genug gehabt und wollen nicht mehr mit Napoleon nach Russland ziehen. Irgendwo in der Gegend von Leipzig haben sie ihren gnädigen Herrn schmählich im Stich gelassen. Die Hundsfotte!

Eines Abends galoppiert mein früherer Lieutenant völlig echauffiert auf seinem edlen Araber in das sächsische Dorf herein, in dem die hell glänzende Siebenpfünder-Haubitze samt Pferden, Wachtmeister Krauter, einigen Trainsoldaten und mir im Biwak liegt. Das zweite Pferd lässt der Lieutenant elegant nebenhertraben.

Er will mich wiederhaben. Einfach so.

Der Kanonenhauptmann wird herbeigeholt. Dann zittern und beben er und der Wachtmeister Krauter vor Wut und Ärger. Sie protestieren so laut und mit Händen und Füßen, dass der gräfliche Lieutenant seinen Araber drohend auf die Hinterbeine stellt. Und wenn die beiden auch noch so Sperenzien machen, es hat überhaupt keinen Zweck. Der Herr Lieutenant besitzt nämlich ein vom Oberst ausgestelltes Papier, welches ihm stante pede gestattet, den Soldaten Georg Bayh ohne alles militärische Brimborium mitzunehmen. Als seinen Diener. Schließlich kann ein gräflicher Lieutenant nicht gut ohne Diener in den Krieg ziehen, zumal der so weit weg in Russland stattfinden soll.

Eine halbe Stunde später trabe ich auf dem zweiten feurigen Araber unter den staunenden Blicken der Kanonensoldaten mit meinem neuen und alten Herrn Lieutenant davon. Ich selbst kann gar nichts dafür, denn ich werde natürlich überhaupt nicht gefragt. Wo käme man schließlich hin, wenn ein gemeiner Soldat gefragt würde, ob er mit einem Befehl einverstanden ist oder nicht? Der gemeine Soldat hat zu gehorchen. Sonst nichts.

So kann ich dem Wachtmeister Krauter ein zweites Mal entrinnen. Hoffentlich für immer! Selbstverständlich gehorche ich gerne. Im Gegenteil, ich freue mich so arg, dass ich dem Herrn Lieutenant am liebsten um den Hals fallen würde. Aber ich gucke ganz gewöhnlich, eben wie ein braver Soldat.

Es ist ein außerordentlicher, ein guter Tag!

Gleich danach geschieht noch etwas Sonderbares. Eine Bauersfrau steckt mir heimlich ein Stück Brot mit Braten zu. Mir! Nicht meinem Herrn. Wie gut die Menschen doch sind! Zumindest einige von ihnen.

Ob ich meinem Lieutenant etwas abgeben soll? Warum auch? Einerseits hat er mich zwar aus den Klauen des Wachtmeisters gerettet, andererseits hat die Bauersfrau den Braten aber mir gegeben. Deshalb esse ich das Brot und den Braten ganz allein. Aber es ist mir nicht wohl dabei. Bestimmt hungert mein Lieutenant und ich bin so geizig und denke nur an mich.

Nun striegle ich wieder die edlen Pferde und besorge Futter für sie. Ich sorge auch für mich und den gnädigen Herrn Lieutenant. Es gibt im Moment gerade keinen Offizierskoch. Der steckt mit seinem Küchenkram auf irgendeiner rückwärtigen Straße im Dreck oder er hat sich verdrückt und die Lebensmittel mitgenommen und verkauft.

Das Essenbesorgen ist gar nicht so einfach. Es gibt weit und breit nichts und die vielen Regimenter fressen wie ein Millionenheer von Ratten die ganze Gegend leer. Auch für Geld gibt es nichts mehr. Da bleibt mir oft nur das Stehlen. Schließlich muss ich meinen Lieutenant und mich am Leben erhalten.

Jede Woche wasche ich die dreckigen Hosen und Socken des Herrn Lieutenants. Meine auch. Immer extra. Nein, zusammen dürfen meine und die gnädigen Hosen beim Waschen nicht kommen. Wahrscheinlich wegen des unterschiedlichen Drecks. Meine Hose muss über Nacht halbwegs trocken werden. Morgens, wenn ich aus dem Heu krieche, streife ich sie mir wieder über. Ich habe ja bloß die eine.

Nur langsam bewegen sich die vielen Regimenter dahin. Mittlerweile sind auch noch andere dazugekommen. Von allen Seiten. Mein Lieutenant sagt zu einem anderen Lieutenant, dass es noch nie auf unserer Erde so viele Soldaten auf einem Haufen gegeben hat. Es hat ja auch noch nie einen Napoleon gegeben.

Und ich bin dabei. Ich reite in die große Welt. Nur wenige Menschen können in einem langen Leben so viel sehen wie ich und die Soldaten in ein paar Wochen. Fremde Landstriche mit Städten und Dörfern. Es gibt unendlich weite Täler mit Wäldern, Feldern und Wiesen. Die Höfe zeigen den Reichtum der Bauern.

So groß habe ich mir die Welt nicht vorgestellt und bestimmt ist das noch nicht alles. Unlängst habe ich einem Gespräch zugehört. Da erzählte doch tatsächlich einer, dass es mehr Wasser als Land gebe. Wo das wohl ist? Hoffentlich zieht die Armee nicht in diese Gegend. Vor so viel Wasser habe ich Angst und Respekt. Ich habe noch in guter Erinnerung, als vor zwei Jahren nach der Schneeschmelze die Roth überlief und die Traubenmühle ersäufte. Das viele Wasser auf der Welt muss ja noch schlimmer sein. Bestimmt ist es auch mehr als das Hochwasser am Jordan, mit dem Gott die Juden vor den verfolgenden Ägyptern gerettet hat, indem er Letztere ersaufen ließ. Vielleicht sind es noch die Reste der biblischen Sintflut? Möglicherweise ist das mit dem vielen Wasser übertrieben und es ist alles gar nicht so schlimm.

Auf jeden Fall ist der Krieg wieder einigermaßen erträglich geworden.

An das Dorf im Schwäbischen Wald und meinen Bauern denke ich immer seltener.

Sie sind so klein und so weit weg.

Doch auch das stimmt nicht ganz.

Da wälzt sich eine halbe Million Menschen nach Russland hinein und ich treffe wie auf der heimatlichen Dorfstraße plötzlich einen bekannten Menschen. An der Elbe überholt das Reiterregiment eine Infanterieeinheit. Rufe hin und her. Bekannte Mundart. Also Württemberger. Man freut sich. Die armen Fußmarschierer schlurfen apathisch auf völlig abgelatschten Schuhen. Wie schön, dass ich bei den Jägern zu Pferde bin. Da nehme ich meinen aufgewetzten Hintern gerne in Kauf.

»He! Du!«, ruft mir einer von den Hatschern zu. »Bist du nicht der Jungknecht von unserem Schultheiß?«

Ich erschrecke und frage meinen Lieutenant, ob ich nicht ein Weilchen zurückbleiben dürfe, denn bei den Infanteristen wäre einer aus meinem Dorf. Mit dem würde ich gerne reden.

Eine gute Weile gehe ich dann, mein Pferd führend, neben den Marschierern her. Der Soldat ist der Schustersohn Hanselmann aus meinem Dorf und er hat eine Menge Neuigkeiten. In seinem Regiment ist noch einer und der ist erst vor kurzem zu Hause gewesen. Im Dorf ist alles in Ordnung. Mein Bauer hat einen neuen Jungknecht. Also rechnet er gar nicht mehr mit mir. Die Bäuerin liegt unheilbar darnieder. Traurig für sie! Ach was, das Leben ist eben hart. Ich höre noch dies und jenes. Nichts Besonderes, aber das kleine Dorf liegt dick und schwer auf meiner Seele.

Der Lieutenant hat aufgehört mich wie einen Rotzbuben zu behandeln. Mittlerweile hat er anscheinend gemerkt, dass ich auch ein bisschen denken kann. Ich bekomme wieder eine neue Uniform. Die alte hat unter dem Wachtmeister Krauter zu sehr gelitten. Die grüne Hose ist nicht mehr sauber zu kriegen. Sie sieht immer wie verschissen aus. Dabei ist es lediglich Straßendreck. Dafür kann ich garantieren. Mein wohlgeborener Herr setzt alles durch, was er haben will, natürlich auch eine neue Uniform für mich, seinen Diener. Nur eines setzt er nicht durch: dass die Pferde, ich und er selbst immer genügend zu futtern haben. Es gibt momentan nichts, überhaupt nichts. Nicht für viel Geld. Die Welt um uns herum ist leer gefressen. Nur der Hunger ist so reichlich, dass er wehtut.

Wahrscheinlich ist der April schon halb rum. Eines Abends kommt das Regiment in eine weite Ebene. In der Ferne liegt an einem breiten Fluss eine große Stadt. »Frankfurt und die Oder«, sagt mein Lieutenant. Selbstverständlich sagt er das nicht zu mir, sondern zu dem neben ihm reitenden Eskadronchef. Dieses Frankfurt ist von zu Hause schon unheimlich weit weg. Ob man je wieder heimfinden wird? Hoffentlich kennt sich Napoleon in diesen Ländern gut aus.

Die Infanterie marschiert mit Trommeln und Pfeifen in die Stadt ein. Deutlich sind die auf das Pflaster klatschenden Schuhe von tausend Füßen zu hören. Die Reiterregimenter müssen mit den Dörfern der Umgebung vorlieb nehmen. Wegen der vielen Pferde, die in so großer Menge eine Stadt total verstinkern würden. Außerdem fänden die Tiere zwischen den Häusern und auf den Dreckstraßen nichts zu fressen und keinen Stall für die Nacht. Städte sind nichts für so viele Pferde.

Ein wunderbarer Frühling zeigt die schönsten Wiesen und frisch grünen Wälder. In den Bauerngärten und an den Straßenrändern leuchten die schneeweißen Schlehen- und Kirschblüten. Ab und zu probiert schon ein

Birnbaum das Blühen. Im Gras liegen Massen von gelben Löwenzähnen.

Wie schön und farbenprächtig der Krieg doch ist!

Aber es gibt fast nichts zu essen.

Die Truppe reitet bei bestem Wetter durch das Land. Neun oder zehn Stunden am Tag. Ich denke nicht mehr an meine wunden Füße. Sie haben sich gut erholt und tun immer seltener weh. Dafür habe ich ein wenig Malheur mit meinem Hintern. Aber der gewöhnt sich rasch an das tagelange Reiten. Vielleicht wird er immer mehr zu Leder? Die Hose nicht. Sie wird bedenklich schütter. Der Lieutenant hat mehr Ärger mit seinem Hintern. Die adelige Haut ist anscheinend weniger grob und fest. Nach stundenlangem Ritt stellt er sich zur Entlastung ab und zu in die Bügel. Abends kommt er dann verstohlen zu mir, und ich muss ihm nicht nur die Stiefel ausziehen, sondern auch den Hintern mit einer vom Regimentschirurgus verordneten Salbe einschmieren.

12

Die Obstbaumblüte ist vorbei, die Wiesen gemäht. Tagelang riecht es nach frischem Heu. Die Pferde können nach Herzenslust fressen. Es gibt sowieso nichts anderes. Nur Heu und Wasser. Das tut auf die Dauer nicht gut. Der Hafer fehlt. Zu viele Reiter sind schon durch das Land gezogen. Sie und ihre Rösser haben alles leer gefressen. Nach wenigen Tagen gibt es auch kein Heu mehr.

Und die Armee wird immer größer. Wer hat je so viele Soldaten gesehen? Aus dem Westen rückt Regiment um Regiment heran, Westfalen und Italiener, Österreicher, Bayern und Portugiesen und immer wieder Franzosen. Es ist erstaunlich, wie viele französische Männer es gibt. Und Buben. »Da guck mal! Das sind doch noch keine Männer.« Vom Süden her kommen die Polen. Die sind besonders farbenprächtig. Sie sind auch die Einzigen, die angeblich wissen, wofür sie kämpfen. Sie wollen ihr Land den Russen entreißen. Wofür kämpfen die württembergischen Regimenter? Für ihren dicken, nimmersatten König? Weiß der Kuckuck! Der ist dick genug. Wahrscheinlich kämpfen sie doch nur für Napoleon?

Wo ist eigentlich Napoleon, der große Napoleon? Er ist überall und nirgends. Wo ist er wirklich? Alle wollen ihn sehen.

Das ist er.

Nein, das ist er nicht.

Der andere?

Bestimmt der auf dem Schimmel!

Dann doch nicht, sondern nur ein Marschall oder General oder so was. Napoleon ist unsichtbar, aber allgegenwärtig.

Vermaledeit!, überlege ich. Von was lebt denn die Riesenarmee? So viele Pferde und Menschen. Die fressen das ganze Land vom Stängel weg. Das kann nicht gut gehen. Irgendwann müssen sie sich selbst auffressen.

Es geht auch nicht gut. Bald gibt es auch nach längerem Suchen kaum noch Futter und Lebensmittel mehr. Wo bleiben die Fouragewagen mit Hafer und Heu und Zwieback? Angeblich versinken sie weit hinten im tiefen Sand der polnischen Straßen. Ein fremder Lieutenant erzählt meinem gräflichen Lieutenant, dass die Infanterie-Regimenter kaum noch vorankommen. Das Schuhwerk ist unbrauchbares, billiges Dreckszeug und schnell kaputt. Der württembergische König weiß schon Bescheid. Er hat ganz schnell fünfzig vierspännige Proviantwagen mit zehntausend Schuhen für seine Soldaten hinterhergeschickt. Und Zwieback. Von Stuttgart aus. Der fremde Lieutenant lächelt. Er hält sich die Hand vor den Mund und flüstert: »Wenn's wahr ist? Und wenn's vielleicht doch wahr ist, dann werden die Wagen trotzdem nie ankommen. Garantiert werden sie unterwegs wieder stecken bleiben, geplündert und zu Geld gemacht!«

Mein Gewissen wird unheimlich schwer. Ich habe ja seinerzeit auch die Schuhe gestohlen. Sie brennen jetzt an den Füßen. Nein, beruhige ich mich. Das ist kein Diebstahl, das war notwendig, rede ich mir ein. Schließlich ist Krieg. Da gelten andere Gesetze.

In einem polnischen Städtchen gibt es einen großen Umzug. Mit Pfarrern und Fahnen und massenhaft Menschen und Blumen. Irgendwer sagt, das Fest sei papistisch-katholisch und heiße Fronleichnam. So was gibt es auch im württembergischen Oberland. Ein paar bayrische und österreichische Soldaten gehen sogar ein Stück mit der Prozession mit. Also auch Papisten!

An diesem Tag requiriert das Regiment zum ersten Mal. Das macht man im Krieg so. Man beschlagnahmt Essen und Futter, das man für sich und die Pferde braucht. Es wird den Leuten einfach weggenommen. Gestohlen. Natürlich ist das kein richtiger Diebstahl, denn es ist ja Krieg und die Enteigneten bekommen eine Quittung dafür. Deswegen heißt es auch nicht stehlen, sondern requirieren. Der Eskadronchef sagt hohnlächelnd zum Lieutenant, dass die Bescheinigungen ruhig etwas größer sein könnten. Dann taugten die Zettel wenigstens zum Arschwischen.

Mein Lieutenant hat so ein Fouragekommando bekommen. Er muss in einem bestimmten Gebiet requirieren. Schlachtvieh, so viel wie möglich. Und alles Fressbare für die Pferde. Fourage und Mundvorräte für einundzwanzig Tage. Für das ganze Regiment. Drei Tage hat das Kommando Zeit dazu. Dann muss es zurück sein. Natürlich mit dem Futter für Pferd und Mensch. Sonst verhungert das Regiment. Das Fouragekommando reitet also an diesem papistischen Feiertag weit ins polnische Land hinein, von Ort zu Ort, von Hof zu Hof. Aber es findet nichts. Die Bauern sind samt ihrem Vieh in die Wälder geflüchtet.

Mich plagt eine fixe Idee oder ein Tagtraum oder sonst ein Teufelsbild. Immer wenn ich mich umsehe, erblicke ich in der Ferne einen Reiter, der in gehörigem Abstand folgt. Da wäre an und für sich ja gar nichts dabei. Der Verfolger aber hat Gesicht und Statur des Wachtmeisters Krauter. Obwohl ich genau weiß, dass ich auf diese Entfernung gar niemanden genau erkennen kann, werde ich die Unruhe nicht los.

Der erste Tag ist vorbei und das Kommando hat noch nichts requiriert. Wo es hinkommt, sind Ställe und Speicher leer.

Irgendwann treffen wir doch auf Menschen, auf alte Weiber und kleine Kinder. Sie stehen verängstigt umher. Zu viele Soldaten wären schon da gewesen, die hätten alles mitgenommen und nun müssten sie selbst verhungern.

»Egal!«, faucht der Lieutenant. »Wir sind uns selbst die Nächsten und unser Regiment gehört zur Grande Armée und die muss Russland besiegen und das geht nicht, wenn sie hungert.«

Dann fängt das Fouragekommando das letzte Huhn ein, durchstöbert die Holzhütte, findet ein Säcklein Korn.

Manchmal schaue ich meinem Lieutenant ins Gesicht und da merke ich, dass es ihm gar nicht leicht fällt, den armen Leuten das letzte bisschen abzunehmen.

Was hat sich dieser Napoleon eigentlich gedacht? Jeder Fuhrknecht weiß, dass ein Pferd am Tag das und das und soundso viel zu fressen braucht. Und die Menschen auch. Napoleon hätte nur richtig multiplizieren müssen, dann wüsste er, was die Grande Armée vertilgt.

In den Regimentern kreisen die ersten aufmüpfigen Gerüchte. Wie Gift schleichen sie von Mann zu Mann. Die Franzosen bräuchten keinen Hunger leiden, heißt es. Die hätten alles in Hülle und Fülle. Zu essen und zu fressen. Sogar Weiber hätten sie mit. Hass schlüpft in die Soldatenköpfe hinein. Die Unruhestifter vermehren sich wie unkastrierte Dorfkatzen.

Seit Stunden reitet das Fouragekommando müde und deprimiert durch lockere Birkenwälder. Das letzte Tageslicht glänzt auf den Stämmen. Dazwischen liegen saure Grasflächen und schwarze Sumpflöcher. Nichts als verkrüppelte, mickrige Birken, zwischen deren Wurzeln sich unterernährte Heidelbeerbüschlein und kurzes, verblühtes Heidekraut angesiedelt haben. Schon seit den frühen Nachmittagsstunden trifft das Kommando auf keine Menschenseele mehr. Die Welt scheint hier zu Ende zu sein. Die ewige Einöde drückt auf das Gemüt. Was will man hier? Da gibt es nichts Brauchbares für Soldaten. Kein Heu, kein Körnchen Korn, kein Ei, keine Ziege, geschweige denn Ochsen und Milchkühe. Gelegentlich huscht an trockenen Hügeln ein Kaninchen von Bau zu Bau. Das könnte einen Braten geben. Einen Mund voll. Aber das kleine Viehzeug hat mehr Zeit als der Lieutenant mit seinem Kommando. Es veräppelt nur. Fangen lässt es sich nicht. Frech guckt es aus seinem Loch und wenn jemand hinlangt, ist es weg. Das Kommando hat nicht die Zeit, sich vor dem Bau auf die Lauer zu legen oder die unterirdischen Gänge aufzugraben.

Hoffentlich findet der Lieutenant aus dem Sumpf wieder heraus.

So langsam könnte der Trupp ein Nachtquartier brauchen. Aber es gibt keines. Seit einer Stunde führt nur ein schmaler Weg durch mooriges Gelände. Ein Tritt daneben und der Sumpf verschlingt Mann und Ross.

Es ist ein trauriger Zug. Fourage und Mundvorrat für ein ganzes Regiment soll das Kommando beibringen und es leidet selbst Hunger. Der Weg wird immer schmäler. Links und rechts matschen die Sumpflöcher. Wehe dem, der da hineingerät! Der braucht keine Beerdigung. Natürlich wird es wie jeden Tag dunkel und zu allem Überfluss verschleiert sich die Welt auch noch. Der Weg verschwindet vollends im Dunst. Keine Spur von einem Anwesen! Kein Licht und kein Laut! Wir ertasten uns den schmalen Pfad und balancieren durch das moorige Land. Plötzlich ist die Nacht voll da. Der Nebel wird dick und undurchlässig. Kein Stern dringt durch den Brei. Der Lieutenant lässt anhalten. Bevor jemand einen Fehltritt macht und vom Dreck verschluckt wird.

Wer hat eine Fackel? Sonst etwas Brennbares, das leuchten kann? Wer denkt vorher an so was? Die Pferde werden unruhig. Sie ahnen das nebenan liegende Verderben. An Ruhen oder gar Schlafen ist nicht zu denken. Es gibt keinen Platz zum Sitzen oder Liegen.

Der Morgen muss abgewartet werden. Gott sei Dank ist die Nacht in dieser Jahreszeit kurz und nur mäßig kalt.

Die Reiter des Fouragekommandos stehen in einer

langen Schlange auf dem schmalen Pfad. Hinter mir schnarcht jemand. Die Pferde schmatzen den mageren, sauren Wegbewuchs in sich hinein. Es gibt sonst nichts. Auch der Lieutenant ist müde. Er lehnt an seinem edlen Araber, rutscht aber immer wieder zu Boden. Ich halte sein Pferd am langen Zügel und stelle mich direkt hinter den Lieutenant. Damit er nicht neben den Weg fällt. Womöglich versinkt er sonst im Sumpf. Und wenn ich ebenfalls einschlafe, dann kann ich ihn nicht mehr herausziehen. Ich muss also wach bleiben. Das fällt mir nicht schwer, weil es mich so arg im Bauch drückt und zwickt. Eigentlich dürfte gar nichts drücken. Außer Tümpelwasser ist ja nichts drin. Vielleicht habe ich beim Trinken ein paar Kaulquappen übersehen und die schwimmen jetzt im Magen oder Bauch umher. Auf jeden Fall muss ich ganz dringend. Immer dringender. Nun kann ich mich ja nicht direkt neben meinen gräflichen Lieutenant hinsetzen. Das geht selbstverständlich nicht. Wegen des Respekts und eines möglichen Geruchs. Ich krieche also auf allen vieren ein Stück Weges weiter. Ja nicht in den Sumpf geraten! Mit den Händen grapsche ich links und rechts. Auf der einen Seite ist es trocken. Noch immer trocken. Gut! Auch trocken! Da brauche ich mich nicht direkt auf den Weg zu hocken, wo man dann in der Frühe beim Weiterreiten die Bescherung sehen würde. Noch mehr rechts! Trocken! Kein Tümpel mehr! Ich stehe auf und taste mich gehend voran. Plötzlich verschwindet auch die Nebelwand. Hier ist der Sumpf zu Ende.

Freudig wecke ich den Lieutenant. Ich bin so erleichtert, dass ich ihn völlig despektierlich am Arm packe und aus dem Schlaf ziehe.

»He, Euer Wohlgeboren!«, rufe ich gegen alle Regeln. »Aufwachen! Da vorne beginnt die Welt wieder.«

Zum allerersten Mal berührt mich der gräfliche Lieutenant. Er legt kurz die Hand auf meine Schulter.

Noch in der nämlichen Nacht reitet das Fouragekommando zwischen Kälbern und Schafen über unendliche Weiden. Da gibt es bestimmt auch Korn und Hafer und all das, was das Regiment so dringend braucht. Der Herr Lieutenant fantasiert schon vor sich hin. Die Hälfte von den Kälbern und Schafen kann mitgenommen werden. Wenn jeder Reiter zehn Stück Vieh vor sich hertreibt, hat das Regiment alle Sorgen los.

Ein klarer Frühsommermorgen zieht über diesem Paradies auf. Vor uns liegt ein großer Gutshof mit allem Drum und Dran, einem herrschaftlichen Herrenhaus mit entsprechenden Scheunen und Ställen und den einfachen Unterkünften für Knechte und Mägde.

Der Lieutenant lacht. Tatsächlich, er lacht. Nicht nur mit ein paar gezierten Falten um den Mund herum, sondern mehr mit den Augen und dem ganzen Gesicht. Da sehe ich zum ersten Mal, dass sich auch ein junger Graf ganz richtig und so normal wie zum Beispiel ein Jungknecht freuen kann.

Irgendwas sticht mich in den Rücken. Natürlich nicht direkt, sondern mehr eingebildet. Aber hinter mir ist niemand. Weit in der Ferne, fast am morgendlichen Horizont, steht ein Reiter. Obzwar das natürlich wiederum total unmöglich ist, glaube ich den Wachtmeister Krauter zu erkennen. Der Mensch macht mich noch verrückt.

Hunde stürmen uns entgegen. Eine gewaltige Stimme ruft sie zurück. Der Herr Lieutenant und der Wachtmeister werden ins Haus gebeten. Der Wachtmeister kommt gleich wieder heraus. Er befiehlt mir mitzukommen. Dann sitze ich zwischen dem Hausherrn und einem wunderbaren, goldstrohblonden Mädchen am Frühstückstisch. Welche Pracht! Die vornehmen Leute und die vielen Speisen! Vor Angst und Scheu getraue ich mich kaum zuzulangen. Ich schäme mich für meinen Dreck und den fehlenden Anstand und eben für alles und mich selbst.

Der Herr Lieutenant sagt, dass für drei Fremde gedeckt ist und da habe er ganz schlicht und einfach an seinen Diener gedacht. Der ist ja nicht ganz unschuldig, dass sie jetzt so gepflegt speisen dürfen. Und der Lieutenant ermuntert mich, ich möge nur fest zulangen, und wenn mein Hunger so groß wäre wie der seine, dann sollte ich nicht länger zuwarten.

Das blonde Mädchen legt mir ein paar Leckerbissen auf einen schneeweißen Teller. Da stimmt was nicht. Wieso gerade ich? Ein gewöhnlicher Offiziersdiener. Das Mädchen rümpft nicht einmal die Nase und bestimmt stinke ich wie ein frischer Misthaufen oder zumindest wie ein gewöhnlicher Stallbursche. Ob sie das riecht? Natürlich muss sie es riechen. Deswegen schäme ich mich unheimlich. Ich habe keine Ahnung, wie man mit dem vornehmen Frühstück bei so vornehmen Leuten umgeht. Mein sechzehneinhalbjähriges Leben lang habe ich so etwas noch nicht erlebt. Der Lieutenant kaut mit vollen Backen. Nun sitze ich also an dem eleganten Tisch und da muss ich wohl auch essen. Ich schaue immer auf meinen Lieutenant und die anderen und das Mädchen. Auf den Wachtmeister brauche ich nicht zu gucken. Der weiß auch nichts. Jedenfalls nicht mehr als ich. Der schaut genauso neugierig verschämt, wie es die anderen machen. Bald merke ich, wie man aus dem vornehmen Geschirr und mit dem herrschaftlichen Werkzeug speist. Ich bin wieder im Himmel. Ganz oben! Weißes Brot und Butter und Eier und Zeugs, das ich nicht kenne. Aber es schmeckt wunderbar und ich bin froh, dass ich so was kennen lerne. Wie gut das Mädchen riecht. Im Gegensatz zu mir. Die Gastgeber und der Lieutenant sprechen meistens französisch. Das ist ein Glück für mich, denn da kann ich nicht mitreden und so brauche ich überhaupt nichts zu sagen.

Am späten Vormittag ziehen wir von der gastlichen Stätte fort. Mir tut es so Leid, dass diesen netten Menschen, anstatt ihnen zu danken, noch das Vieh weggetrieben wird. Auch der Lieutenant ist mehr traurig als froh. Das gefällt mir an ihm. Anscheinend hat der junge Graf ein paar passable Gefühle. Wie normale Menschen.

Zwei Wagen voll Hafer und Korn, fünfzig Rinder und fünfzig Schafe und etlichen sonstigen Mundvorrat requiriert unser Fouragekommando.

Das blonde Mädchen gibt dem Lieutenant und mir zum Abschied die Hand. Mir etwas länger. Ist da gerade ein Blitz durch die Hände gefahren? Dabei hätte ich sterben können. So schön ist das. Ich schäme und freue mich. Das herrliche Wesen hat mich trotz meiner niedrigen Herkunft und meines Drecks nicht verabscheut. Ich bin glücklich und stolz. Nie werde ich die Augen des Mädchens vergessen. Sie haben mich besonders lieb angesehen. Bestimmt nur mich.

Ach, der Krieg ist wunderbar!

Das Kommando reitet, treibt und fährt mit der Beute auf Umwegen am Sumpfgebiet vorbei zum Regiment zurück.

Der Herr Oberst verspricht dem Lieutenant und dem Wachtmeister einen Orden, weil sie so überaus erfolgreich gewesen sind.

13

Die Tage kommen und gehen und plötzlich ist der Sommer da. Mit heißen Tagen, aber sehr kalten Nächten. Mit Hunger und Durst. Die requirierte Beute ist schnell aufgebraucht.

Der Aufmarsch ist beendet. Jetzt ist die Große Armee Gott sei Dank so weit. Wenn der russische Zar die vielen Soldaten sieht, wird er erschrecken und gleich kapitulieren.

Irgendwo da vorne soll Russland liegen.

Also gibt es dieses Russland tatsächlich! Unglaublich, wie groß die Welt ist. Eine unüberschaubare Masse von Soldaten und Reitern bewegt sich auf die Grenze zu. Mit Musikern und Trommlern, die den Infanteristen den Marschtritt vorhacken. So viel Lärm! Bestimmt sollen die Russen eingeschüchtert werden? Die müssen ja vor lauter Angst die Hosen verschmutzen!

Hoffentlich merken die Russen nicht, wie Napoleons Riesenarmee hungert. Angeblich kommt der Nachschub nicht mehr nach. Die Fouragewagen kriechen irgendwo hinterdrein. Aber immer unerreichbar. Vielleicht gibt es sie gar nicht mehr und man vertröstet die Soldaten nur damit.

Die Truppen plündern.

Jedes Haus und jede Scheune in der näheren und weiteren Umgebung wird durchsucht. Was nicht niet- und nagelfest ist, schleppen die Diebe und Einbrecher davon. Die Soldaten brauchen auf nichts Rücksicht zu nehmen. Sie gehören zur größten Armee der Welt. Wer könnte sie hindern? Was sie nicht gutwillig bekommen, nehmen sie sich gewaltsam. Sie schlüpfen in die Speicher, in Speisekammern, in Rauchfänge, öffnen die Ställe, holen die Wagen aus den Remisen, laden Vorräte darauf, spannen gestohlene Zugochsen davor, treiben Schlachtvieh davon.

Die Bewohner der Gegend werden vollkommen ausgeplündert.

Nach dem Reglement sind Plünderer hart zu bestrafen. Sogar die Todesstrafe ist vorgesehen. Wegen der Moral der Truppe. Demnach müsste die Hälfte der Armee erschossen werden. Das geht natürlich nicht. Aber die Generäle brauchen ein abschreckendes Beispiel, bevor sie weiter Plünderungen befehlen. Deswegen sucht man nur zwei, drei von den Soldaten heraus, die sich schon mal in selbstmörderischer Absicht angeschossen haben. Um die ist es nicht schade, und vielleicht tut man ihnen sogar einen Gefallen. Aber vorher müssen sie noch ihre eigene Grube schaufeln.

Da vorne gibt es einen ganz wichtigen Fluss. Njemen heißt er, sagt wer. Ein anderer sagt, das ist die Memel. Drüben beginnt Russland. Endlich. Der Eskadronchef unkt im Vorbeireiten dem Lieutenant zu: »Hoffentlich verlaufen wir uns nicht in dem Riesenreich.« Und mit sehr ernstem Gesicht fügt er hinzu: »Russland ist viel zu groß für uns. Damit wird auch Napoleon nicht fertig. Wir sollten die Finger davon lassen!«

Ich hätte gern meinen Lieutenant gefragt, wie groß denn dieses Russland wirklich ist. Womöglich ist es größer als Palästina. Obzwar sich dort die ganze biblische Geschichte abgespielt hat. Aber einen gräflichen Offizier fragt man nicht unnötig. Vielleicht frage ich einmal einen Gewöhnlichen.

Die Reiter werden unruhig.

»Er soll da sein.«

»Wer?«

»Na, wer schon? Napoleon natürlich! Der größte Feldherr aller Zeiten mit der größten Armee aller Zeiten.«

»Wir werden einst stolz unseren Enkeln erzählen können, dass wir auch dabei waren.«

Mein wohlgeborener Lieutenant zittert vor Aufregung.

»Jetzt kommt es zur Schlacht!«, sagt er vor sich hin.

»Drüben steht der Zar mit seinen Soldaten. Muss er stehen!«

Nichts passiert. Weder der Zar noch seine Armee stehen drüben. Jedenfalls ist kein Schwanz zu sehen.

»Die Russen trauen sich nicht! Sie haben Angst vor uns. Wer getraut sich schon gegen Napoleon?«

Immer neue Regimenter rücken nach. Mit Musik und Trommelschlag. Die ganze Ebene ist voll davon. Die Nacht kommt und zeigt ein einmaliges Schauspiel. So weit ich schauen kann, leuchten die Biwakfeuer. Hörner schmettern Befehle, Ordonnanzen reiten hin und her. Der Rauch von nassem Holz und angebranntem Fleisch wabert über dem Heerlager. Es wird eine unruhige Nacht. Nur alte, in mehreren Schlachten abgebrühte Soldaten missachten die Aufregung. Nach Landsknechtsart legen sie sich hin und schlafen doppelt und dreifach.

Die Nacht wird nicht dunkel. Sie kann nicht! Die vielen Feuer machen sie zum Tag.

Ein heftiges Gewitter zieht auf. Die Blitze fuchteln über der größten Armee der Welt herum. Ein Sturzregen weicht Mann und Ross ein.

Manche sagen, das ist ein gutes Zeichen, andere unken, das ist ein schlechtes Zeichen.

Die große Schlacht liegt in der Luft.

Zigeunerinnen schleichen sich an die Soldaten heran. Sie lesen die Zukunft aus der Hand.

Ich will meine Zukunft nicht kennen. Der Lieutenant lässt sich sein künftiges Leben aus den Handlinien herauslesen. Dann komme auch ich dran. Der Lieutenant befiehlt es. Die schöne Zigeunerin studiert lange auf meiner dreckigen Hand herum. Dann schaut sie abwechselnd mich und den Lieutenant an und sagt mehrmals »Gut!«.

»Was ist gut?«, will der Lieutenant wissen.

»Alles gut! Du und dein Bruder gut!«, radebrecht die Zigeunerin. Mit dem Bruder meint sie doch nicht mich? Ich schäme mich. Der gnädige Herr ist echauffiert. Wahrscheinlich will er nicht mein Bruder sein. Die Zigeunerin geht mir noch lange im Kopf herum. Ich werde aber nicht klüger. Blödsinn! Wie will denn eine Zigeunerin in die Zukunft schauen? Das kann nicht einmal der Dorfpfarrer, und der ist garantiert viel näher bei Gott als die schöne Zigeunerin. Und das mit dem Bruder ist natürlich nichts als dummes Gerede. Ein Graf und ein Diener. Da muss ich ja rot werden vor lauter Scham.

Im Morgengrauen kommt unser Regiment frierend und klamm an den Fluss, der Njemen oder Memel heißt. Trotz mehrerer Übergänge stauen sich die Regimenter. Noch immer regnet es die Soldaten patschnass. Es wird Zeit, dass die Sonne kommt und die Regenwolken verbrennt.

»Napoleon ist schon drüben«, heißt es.

»Erst vorhin hat er den Russen den Krieg erklärt.«

»Warum?«

»Das gehört sich so. Wegen der Spielregeln! Napoleon weiß schließlich, was sich gehört!«

»Also beginnt jetzt der Krieg.«

»Erst jetzt?«

»Die Regeln sind so.«

»Was die Russen wohl denken?«

»Wenn man das wüsste. Vielleicht denken sie gar nichts.«

»Noch ist kein Blut geflossen.«

»Ob der Zar kapituliert?«

»Wenn er klug ist.«

»Hoffentlich tut er es!«, sagen die einen.

»Hoffentlich tut er es nicht!«, sagen die anderen. »Es wäre zu schade. Schließlich sind wir ja nicht grundlos so weit marschiert. Und Moskau soll unheimlich reich sein, voll mit unermesslichen Schätzen. Man will doch auch etwas mit nach Hause bringen.«

»Warum warten wir so lange? Wir stürmen einfach hinüber und vernichten die Russen, erdrücken sie. In einer Stunde ist alles vorbei. Dann ziehen wir nach Moskau und holen uns die Beute.«

Die Regimenter ordnen sich.

Lange Bretter werden an den Fluss gefahren. Damit bauen die Pioniere weitere Brücken. Auch fertige Brückenteile rollen auf Ochsenkarren heran. Man muss sie nur zusammenschieben. Hoffentlich brechen sie nicht unter der Last der Kanonen und Pferde!

Etliche Reiterregimenter sind schon übergesetzt. »Sie machen einen Brückenkopf!«, weiß der Lieutenant. Dann ächzen die Kanonen nach und die Infanterie.

»Schnell, bevor die Russen kommen!«

Der Mittag wird schwül. Gleich nach den Regenwolken heizt die Sonne ein. Dann wieder Regengüsse. Die Uniform klebt auf der Haut. Der Atem tut sich schwer. Zu viel Dunst hängt in der Luft. Das ist ein Wetter, bei dem Mensch und Pferd verfaulen können. Die letzten Brotreste verschimmeln.

Wo bleiben die Russen? Ungestört wälzt sich Napoleons Armee nach Russland hinein und niemand hält sie auf.

Keine Schlacht!

Und keine Russen!

Auch die nächsten Tage sind unangenehm nass und die Große Armee hungert.

Ich kann ein Stück trockenes, nicht verschimmeltes Brot ergattern. Das teile ich mit dem Herrn Lieutenant. Sonst verhungert er mir noch. Sein Magen knurrt so stark, dass es noch pferdelängenweit zu hören ist. Er kann nicht betteln und stehlen. Das kennt er nicht. Er hat im Leben immer alles serviert bekommen. Und weil ihm jetzt kein Mensch etwas gibt, hat er auch nichts. Die Bagagewagen sind irgendwo im Hinterland. Sie können mit den rasanten Eilmärschen Napoleons nicht mithalten. Und Napoleon treibt seine Armee weiter an. Vom Morgendämmern bis in die Nacht hinein jagt er sie den Russen nach.

Die Nächte über logiert unser Regiment in halbreifen Getreidefeldern. Mittendrin. Da liegen die Reiter ein wenig auf grünen Halmen und nicht direkt im Dreck. Die Häuser in der Gegend sind unbrauchbar, die Dächer abgedeckt, das Stroh verbraucht oder verdorben. Die Pferde fressen nur Gras und unreifes Getreide. Es gibt nichts anderes. Nur Grünfutter und zur Abwechslung mal Holz und Birkenzweige oder ein vergammeltes Strohdach. Wenn sie nicht bald Heu und Hafer bekommen, malmen sie mit dem ewigen Grünzeug ihre Zähne stumpf. Die ersten Nierenerkrankungen reduzieren jetzt schon Reitpferde und Gespanne.

Warme und sehr heiße Tage folgen. Die Armee hüllt sich in Sandwolken. Zum Hunger kommt nun auch noch der Durst. Der ist viel schlimmer als der Hunger. Die wenigen Brunnen an den Heerstraßen sind verdorben. In der Verzweiflung wird Dreckwasser aus Tümpeln und Weihern gesoffen. In die Sümpfe werden Gräben gezogen, in denen das Wasser zusammenläuft. Daraus wird geschöpft oder man hängt einfach den Mund hinein und saugt. Das Sumpfgetränk ist braun und warm und Massen von kleinen roten Würmchen zappeln darin. Die Ängstlichen lassen die Brühe durch ein Stück Leinwand in den Mund tröpfeln. Der Durst verdirbt uns noch! Wenn das bloß gut geht!

Wo bleiben der Zar und die Schlacht?

Nur ab und zu schwirren ein paar Russenreiter heran, stechen zu und hauen mit den Säbeln auf die überraschten Infanteristen. Bevor die einen Schuss abgeben können, sind sie schon wieder von Büschen und Bäumen verdeckt und in undurchdringlichen Wäldern verschwunden.

Die Große Armee hungert und durstet. Jedes Reiter-Regiment bekommt Sicheln und Sensen. Es wird gemäht, alles, was mähbar und ess- und fressbar ist. Man braucht viel. Was man nicht braucht, bleibt liegen und verdirbt. So ein Frevel.

Und trotz der Fülle hungern die Soldaten. Das unreife Zeug taugt nichts. Daraus wird kein Mehl, und ohne Mehl gibt es kein Brot. Auch sonst nichts. Die Gegend gibt nichts mehr her. Mancher Offizier drückt die Augen zu, wenn seine Soldaten weit abschweifen und plündern und stehlen. Sollen sie verhungern? Die militärische Ordnung ist zum Teufel.

Aus den Soldaten sind Räuber geworden. Die Not macht sie dazu. Aber offiziell geht das nicht. Die Armee muss den Schein wahren. Sie braucht wieder ein paar abschreckende Beispiele. Ein Dutzend einfache Soldaten werden öffentlich exekutiert, erschossen. Gleich danach geht das Plündern und Stehlen weiter. Von was soll die Riesenarmee denn leben?

Die Männer werden immer schwächer. Jeder Tag verkleinert die Regimenter. Mancher Soldat legt sich an den Straßenrand oder er fällt einfach um und ist tot. Der Durst! Er zwingt zum Trinken, egal, ob in der Drecklache tote Menschen oder krepierte Pferde liegen.

Die nächsten Tage werden noch heißer. Die Luft vertrocknet und verzittert über dem weiten russischen Land.

Unser Regiment reitet mitten in der Großen Armee. Alles ist zertreten, leer gefressen, verbrannt. Zu viele Menschen und Pferde sind schon durchgezogen. Die letzten Regimenter hinterdrein werden überhaupt nichts mehr finden, nur noch die Abfälle von Mensch und Tier.

Neben der Heerstraße liegen verstaubte Leichen. Ohne Lanzenstiche oder Säbelhiebe. Aus Erschöpfung hingesunken!

Zu allem Überfluss kommen jetzt auch noch die Russen. Sie bemerken die Schwäche der Großen Armee. Rot gekleidete Kosaken greifen uns seitwärts an.

Sie sind gefürchtet wie Satane. Auf ihren Pferden liegend preschen sie heran, hauen auf die marode Truppe ein und jagen wieder davon.

Mein Lieutenant sitzt wieder aufrecht im Sattel. Der Durst ist ein paar Minuten lang vergessen. Zitternd vor Angst lege ich meine Lanze in die Hüfte, aber die Kosaken sind schon wieder weg.

Kanonen werden abgeprotzt. Man schießt auf den Feind. Aber der reitet wie der Teufel, mal hierhin, mal dahin. Getroffen wird kaum einer. Die Kanonenkugeln sind wie Steine, die man nach Spatzen schmeißt.

14

Bei einem solchen Angriff der Kosaken sehe ich ihn wieder, den Wachtmeister Krauter. Er kämpft verbissen, reißt mit seinen Kanonieren die schwere Siebenpfünder-Haubitze hin und her, stopft das Rohr und jagt Kugel um Kugel auf die Russen.

Mein Lieutenant entfernt sich von seinem Zug und reitet auf einen kleinen Hügel zu. Vielleicht will er den Feind besser sehen oder nur das Schauspiel beobachten. Oder er sucht eine Gelegenheit, um in den Kampf einzugreifen, und guckt sich nach den Russen um. Ich bin immer neben ihm, weil ich ihn nicht allein lassen will und weil sich das als Diener ja auch so gehört.

Wie zwei Denkmäler stehen wir, der Lieutenant und ich, auf dem Hügel. Das ist leichtsinnig von uns.

Der Wachtmeister muss uns gesehen haben. Er vergisst seine Kanonenarbeit und die Feinde, starrt eine Weile auf uns und dann geschieht es. Plötzlich schreit der Krauter auf seine Kanoniere ein. Die wuchten und zerren an dem Siebenpfünder und richten ihn direkt auf mich und den Lieutenant.

Ist der Krauter verrückt geworden? Der will doch nicht etwa auf uns schießen! Schon stopft er das Rohr mit den todbringenden Innereien. Der Wachtmeister schreit und befiehlt und schiebt und richtet die Haubitze direkt auf mich und den Lieutenant.

Der meint es ernst.

Ohne Respekt lange ich nach dem Zügel des Lieutenantpferdes und ziehe es in die nächste Mulde hinein. Der gnädige Herr Lieutenant ist zuerst wegen der maßlosen Respektlosigkeit durch seinen Diener echauffiert, er will gerade loslegen und mich militärisch verdonnern, da hört er den nahen Einschlag und er sieht die Erde umherschwirren und nachher das Riesenloch direkt am Hügel, auf dem er soeben noch mit mir gestanden ist.

Der Lieutenant hat von dem Wachtmeister nichts gemerkt. Er sagt nur ein wenig anerkennend zu mir: »Das hat Er gut gemacht! Das hätte ins Auge gehen können.« Und: »Die Russen schießen nicht schlecht.« An seinen Augen aber merke ich, dass mir mein Lieutenant doch mehr als dankbar ist. Sagen kann er das nicht. Das schickt sich nicht. Schließlich kann ein Graf mit seinem Diener keinen vertraulichen Umgang pflegen und unnützes Zeug schwatzen.

Ich werde mich künftig vor dem Wachtmeister Krauter in Acht nehmen müssen. Der ist in seinem unbändigen Zorn zu allem fähig. Sogar zu einem Mord mit der schönen bronzenen Siebenpfünder-Haubitze.

Zwei Tage später mache ich eine weitere schockierende Entdeckung. Die Armee mag noch so groß sein, es gibt trotzdem recht seltsame Zufallsbegegnungen.

Da ist er schon wieder, der mörderische Wachtmeister. Aber das ist noch nicht alles. Er überholt gerade mit seiner Haubitze und dem dazugehörigen Train ein müde dahinschlurfendes Infanterieregiment. Auch Württemberger. Plötzlich hält der Wachtmeister an. Ein Infanterist tritt aus dem Glied. Die beiden kennen sich und reden eine Weile miteinander. Ich erschrecke. Der eine ist zweifellos mein Todfeind, der Wachtmeister Krauter. Und wenn ich auf die Entfernung richtig beobachte, ist der andere der Schustersohn Hanselmann aus meinem Heimatdorf. Was haben die beiden miteinander zu besprechen? Ist das eine Verschwörung gegen mich oder sehe ich bereits Gespenster?

15

Scheißkrieg!

Meinen Lieutenant hat es erwischt. Es sieht verdammt schlecht aus mit ihm. Eine Feindeskugel ist es nicht. Auch kein Säbelhieb oder Lanzenstich. Nein! Der Krieg wütet in seinem Inneren. Von einem Tag auf den anderen ist er marode geworden. Irgendeine hinterhältige Krankheit murkst in ihm herum. Wie ein alter Mann in den letzten Zügen hängt er im Sattel. Sein Gesicht bläht sich auf und wird gelbgrün wie verdorbener Eierdotter. Von Zeit zu Zeit rutscht er den Pferderücken hinab und schleppt sich wankend hinter einen Busch. Wenn einer da ist. Schuld an der schleichenden Krankheit sind der ewige Grünfraß und das Trinkwasser aus Seen, Tümpeln, Bächen und Sümpfen. Das verträgt er nicht. Das Dreckszeug rumort und kullert in ihm so stark herum, dass es etliche Zoll vor und hinter ihm noch hörbar ist. Wenn das mit dem Matsch in seinen Innereien so weitergeht, explodiert er noch.

Vielen Soldaten geht es auch so. Napoleons Große Armee vollbringt gerade keine Heldentaten. Sie verstinkert die Ränder von Russlands Heerstraßen. Mindestens die Hälfte aller Soldaten hockt am Straßenrand.

Meinem Lieutenant geht es jedoch noch viel schlechter. Er ist so schwach, dass er nicht einmal mehr richtig hocken kann. Ob ihm noch zu helfen ist? Bei so viel Giftzeug? Ich werde ängstlich und traurig. Mit Bangen sehe ich, wie mein Herr langsam, aber sicher das Leben verliert. Es wäre wirklich jammerschade um ihn!

Ich bin ratlos. Was soll ich tun? Helfen muss ich ihm! Aber wie? Wahrscheinlich bräuchte der Lieutenant bloß Brot und Fleisch und sauberes Wasser. Nur das Dreckszeug, das er isst und trinkt, macht ihn kaputt. Bestimmt fehlt ihm sonst nichts. Wenn er nicht bald was Ordentliches zu essen bekommt, wird sein Bauch total versauern und irgendwann bleibt er dann hinter einem Busch liegen, weil ihm die Kraft zum Hochkrabbeln fehlt.

Ihm muss rasch geholfen werden. Bevor es zu spät ist. Ich denke alle Möglichkeiten hin und zurück. Aber es fällt mir nichts ein. Stehlen? Ja, auch Stehlen! Aber wo gibt es denn etwas zu stehlen? Wenn ich nur wüsste, wie ich zu der rettenden Nahrung komme. Zehn- oder hunderttausend andere Soldaten wollen dasselbe. Deswegen sind ja die Aufmarschwege der Großen Armee leer gefressen und nur noch Wüste. Die Rettung meines Lieutenants ist ganz einfach. Ich kann sie mir gut vorstellen. Bloß eine Portion kräftiges Futter, ein paar mächtige Fleischbrocken oder eine anderthalb Zoll starke Brotschnitte mit einer viertel Zoll dicken Butterauflage. Vielleicht noch einen Löffel voll Honig drauf. Dazu eine Kanne Milch, kuhwarm. Und hinterher zum Magenauskratzen ein sechzigprozentiges Zwetschgenwasser. Alles natürlich frisch und ohne Schimmel und rote Würmchen. Mehr muss es nicht sein. Mit so einer Nahrung käme mein gräflicher Lieutenant schnell wieder auf die Beine. Der arme Junge. Es hat ihn zu arg erwischt. Er muss einem Leid tun, weil er so total hilflos ist und zum Gotterbarmen stinkt. Ich schiebe ihn mit aller Kraft auf den Pferderücken. Allein kommt der Kranke nicht mehr hinauf.

Es muss ganz schnell etwas passieren! Sonst habe ich keinen Lieutenant mehr.

Beim Regiment gibt es einen Chirurgus. Der ist extra dazu mitgekommen, um den Soldaten weggeschossene Körperteile anzunähen oder auch abzuschneiden, sofern sie sich nicht mehr reparieren lassen.

Ich überlege: Wenn der Chirurgus an Armen und Beinen herumflicken und -schneiden kann, dann muss er wohl auch mit der Krankheit des jungen Lieutenants fertig werden. Bestimmt hat er des Menschen Innereien ausgiebig studiert und muss deshalb wissen, wie eine Bauchrevolution abgeschafft werden kann.

Ohne besonders viel Respekt reite ich an die Regimentsspitze und bitte gegen alles Reglement den Herrn Adjutanten des Herrn Oberst um Hilfe für meinen Herrn Lieutenant. Es geht ja schließlich um dessen Leben. Der Herr Adjutant des Herrn Oberst hört mich an und beordert den Regimentschirurgus. Der ist ein älterer, behäbiger Herr, sieht aber noch recht gut erhalten und gesund aus. Bestimmt hat er genügend zu essen. Er kommt gleich mit und schaut sich den jungen Mann eine Weile an. »Ein Graf ist er?«, fragt der Chirurgus. Sonst tut er nichts. Er verzieht nur sein Gesicht. In meinem Kopf beginnt es zu kribbeln. Der Mensch verzieht einfach das Gesicht und sagt dann lauter unnützes Zeug. Man könne nicht übersehen, sagt der Chirurgus völlig ungerührt, dass der Herr Lieutenant schon halb im Soldatenhimmel sei, und übrigens rieche er keineswegs wie ein Graf, sondern schon mehr wie eine Leiche. Er, der Regimentschirurgus, könne da auch nicht helfen, denn die halbe Armee leide ebenso wie der Lieutenant an Diarrhöe oder extremer Dauerscheißerei, wie man vereinfachend auch dazu sagen kann.

»Na, und?«, wage ich bittend und bettelnd einzuwenden. »Der Herr Lieutenant braucht ja nichts als ein kräftiges Essen und sauberes Wasser. Dann ist er schnell wieder gesund.«

»Leider!«, sagt der Herr Regimentschirurgus. »Ich habe selbst nichts zu essen. Niemand hat was zu essen. Da ist momentan nichts zu machen. Entweder der Graf übersteht die Schwäche oder er übersteht sie nicht. Natürlich wäre es gegebenenfalls schade um das junge Leben. Aber schließlich ist nun mal Krieg und der Krieg fordert seine Opfer.«

Zu allem Überfluss lädt er mir die Verantwortung für den Herrn Lieutenant auf, befiehlt eine standesgemäße Pflege und notfalls eine Fahrt in einer Kutsche oder einem Pferdewagen nach Wilna zurück, um den Lieutenant dort im Spital bei gutem Essen auskurieren zu lassen, falls er nicht vorher das Zeitliche segnet. Was man bei diesem Zustand sehr stark annehmen kann. Man braucht sich da keine allzu großen Illusionen zu machen. Die Diarrhöekranken des Regiments sterben dahin wie die Fliegen.

Er reitet schnell davon, der Regimentschirurgus. Weil er nicht nur den einen, sondern noch zweihundert oder fünfhundert andere Kranke hat. Eigentlich sind alle Soldaten krank.

So wütend war ich noch selten. Diesen dummen Klugscheißer hätte ich mir sparen können. Von dem würde ich mir weder ein Bein abschneiden noch eins annähen lassen. Von dem nicht! Der ist so unbrauchbar wie ein hölzerner Engel oder eine Ratte im Getreidesack.

Helfen kann oder will der Chirurgus jedenfalls nicht. Nur dummes Zeug reden! Sonst nichts. Erstens muss er mir die Verantwortung für meinen Lieutenant nicht extra befehlen. Die habe ich als Offiziersdiener sowieso. Und zweitens, wie soll ich den Kranken pflegen? Der braucht ein anständiges Essen und ein sauberes Getränk, das ich nicht herzaubern kann. Und drittens, wo soll ich eine Kutsche oder einen Pferdewagen hernehmen, um den Kranken nach Wilna zu fahren? Außerdem bringe ich ihn in dem Zustand garantiert nicht mehr so weit.

Die Sonne kommt stechend hinter den abziehenden Regenwolken hervor. Unbarmherzig kocht sie die Regenreste zu Wasserqualm, der in die Lunge hineinkriecht und das Atmen noch schwerer macht. Die dampfende Luft wird dem Lieutenant vollends den Rest geben. In seinem Bauch blubbert und köchelt nasser Matsch und trotz der vielen Feuchtigkeit plagt ihn ein unbändiger Durst. Mal schwitzt er Wasser heraus, dann friert er mit klappernden Zähnen.

Der Lieutenant sinkt auf dem Sattel zusammen.

Ich kriege mächtig Angst um ihn.

Bei der nächsten Gelegenheit verlasse ich mit dem Kranken die Heerstraße. Wir müssen weg von der Menschenmasse, weg von der maroden Großen Armee. Die besteht ja nur noch aus kranken Scheißern und jeder von denen will sein Leben erhalten. Da gönnt einer dem anderen nichts. Und mittendrin reitet unübersehbar der Tod mit.

Lärm und Gestank bleiben auf der Straße zurück. Wir sind allein, mein Lieutenant und ich. Ein dunkler Strich liegt am Horizont. Wahrscheinlich ein Birkenwald. Andere Wälder gibt es hier nicht. Auf den Birkenwald reiten wir zu. Er wird uns verbergen. Hoffentlich lauern dort keine Kosaken. Nein! Auch am Waldrand bleiben wir allein. Wir müssen für alle Fälle noch weiter zwischen die Bäume hinein. Der Lieutenant und die Pferde brauchen vorerst einmal eine Ruhepause. Den Kranken lege ich in trockenes Heidekraut. Gott sei's gedankt, er atmet noch. Kurz und durcheinander röchelt und hechelt er inwendig. Und wenn ich mich nicht verhört habe, dann flüstert der Lieutenant gerade mit seiner Mutter, die ein paar tausend Meilen weit weg ist. Das ist ein ganz schlechtes Zeichen.

Nach der Rast bringe ich ihn kaum auf das Pferd hinauf. Er rutscht mir ständig aus den Händen weg. Lange plage ich mich mit ihm, und es ist ein Glück, dass der Lieutenant nur noch eine halbe Portion ist. Endlich hängt er wieder im Sattel. Die Pferde tragen uns müde weiter.

Auch später sind wir immer noch allein. Keine Kosaken und keine marode, alles abfressende Große Armee! Vielleicht liegt hinter dem Wald ein friedliches, unversehrtes Stück Land? Und wir finden es und bekommen alles, was der kranke Lieutenant zur Genesung braucht? Bevor es Nacht wird, sollten wir aus dem Wald raus sein und das kleine Stückchen Paradies gefunden haben. Hoffentlich existiert es.

Ganz fest denke ich daran. An sonst gar nichts. Es müssten keine gebratenen Tauben sein. Brot würde reichen. Ein Stück wenigstens. Den edlen Araber würde ich dafür geben, wenn ich damit das Leben des Lieutenants eintauschen könnte. Und meines natürlich auch. Gegen ein Stück Brot und einen Becher Milch für jeden! Viel Zeit bleibt nicht mehr. Ich muss mich beeilen, solange der Lieutenant noch Luft bekommt und sein Bauch nicht explodiert.

Ich verzweifele schier. Wenn ich bloß so gescheit wie die Kräuterhexe im Heimatdorf wäre. Die hätte ein paar Wurzeln ausgegraben oder Kräutlein gepflückt und einen Sud daraus geköchelt. Und der Lieutenant wäre schnell auf den Beinen. Ich bedauere, dass ich keine Kräuterhexe bin.

»Scheißkrieg!«, fluche ich gegen die Birken und den unendlichen Himmel. Dann werde ich wieder anständig. Mit Fluchen erreiche ich sicherlich bei dem ganz Großen hinter den Birken und dem Himmel nichts. Das weiß bereits jedes Kind und die übrige Welt. So bitte ich ohne langes Drumrumreden laut und deutlich um mein und des Lieutenants Leben. Jede Macht, und mag sie noch so groß oder klein sein, kann schließlich solche inbrünstige Bitten nicht überhören.

»Ich bin noch zu jung zum Sterben und der Graf auch!«

Natürlich passiert überhaupt nichts. So wie zum Beispiel bei dem Jüngling von Pharnaum in der biblischen Geschichte. Der war sogar schon tot und hat nachher sein Leben zurückbekommen, sodass er noch etliche Jahre gesund und munter die Welt genießen durfte.

Meine Hoffnung wird immer kleiner.

Wie ich so traurig und niedergeschlagen die Weite hinter Birken und Himmel beschwöre, da sehe ich die Schlange. Sie liegt auf einer Steinplatte, regungslos, dick und fett. Etwa vier Zoll lang. Giftig? Vielleicht. Ich kenne nur Ringelnattern, Kreuzottern und dürftige Blindschleichen. Diese russische Schlange ist mir neu. Woher sollte ich auch russische Schlangen kennen? Ich beobachte sie eine Weile. Ein schönes Reptil, mit eigenartigem Muster auf dem Rücken. Man muss aufpassen! Solche Schlängler können womöglich hinterhältig hochschnellen und mit Gift spritzenden Zähnen zubeißen. Wie zum Beispiel die heimische Kreuzotter.

Da schießt mir ganz plötzlich ein ungewöhnlicher Gedanke in den Kopf hinein. Schlangenbraten! Natürlich: ein Schlangenbraten!

Hoffentlich bleibt die Schlange noch ein Weilchen liegen.

Sie tut mir den Gefallen.

Dann geht alles sehr schnell. Ich hole den Lieutenantssäbel. Die Schlange liegt noch immer brav auf der Steinplatte. Sie züngelt nervös den Luftraum vor sich ab. Merkt sie was? Nachher lebt sie nicht mehr. Ich treffe sie direkt hinter dem Kopf. Trotzdem schnellt sie noch hoch und peitscht mit ihrem Körper die Luft. Bestimmt ist sie gleich tot. Ohne Kopf! Eine Weile warte ich noch. Sicher ist sicher! Dann mache ich ein Feuer aus abgestorbenen Birkenästen, gedulde mich, bis das Feuer zu einer mäßigen Glut zusammengefallen ist, und lege die Schlange hinein. Dieses Backen kenne ich von den Kartoffelernten. Da haben wir Kinder immer ein paar von den schönsten Kartoffeln in die Glut gelegt. Man musste nur aufpassen, dass die Hitze nicht zu groß wurde und Kohle aus den Kartoffeln machte.

Nie hätte ich geglaubt, dass eine Natter ohne Salz und Schmalz so wohlschmeckend sein kann. Wie ein kleines Kind füttere ich meinen Lieutenant mit abgepellten Brocken Schlangenfleisch. Schlucken kann der Kranke noch. Das ist gut. Vielleicht ahnt er auch, dass es um Leben und Tod geht. Die Schlange wirkt Wunder, er atmet kräftiger und ruhiger. Das glaube ich jedenfalls.

Es ist wirklich so! Der Lieutenant kehrt wieder ins Leben zurück. Er schaut mich ganz erstaunt an. Was er wohl denkt?

Die Schlange scheint wirklich seine Rettung gewesen zu sein. Auch mir geht es viel besser. Dank dem Himmel hinter den Birken! Respektvollen Dank dem ganz Großen!

Ich bin so voll Freude, dass ich verspreche, mich gelegentlich bei einem Pastor zu revanchieren. Mit meiner Löhnung. Auch bei der nächsten papistischen Prozession werde ich mitgehen, wenn ich einer solchen irgendwo begegnen sollte. Sicher ist sicher! Denn schließlich weiß man nicht, ob der Große mehr den Lutherischen oder den Papisten zuneigt.

Ich suche die Umgebung nach weiteren Schlangen ab. Leider finde ich keine mehr. Alles andere Getier ist entweder zu klein oder es lässt sich von mir nicht fangen.

Wir sind zwar von der einen Schlange nicht satt geworden, aber der Lieutenant bekommt immer mehr von der richtigen menschlichen Farbe ins Gesicht zurück.

Auch wenn er noch schwach und verschissen wie ein Säugling ist, das Leben kehrt langsam, aber sicher in ihn zurück.

Der Abend kommt. Wir müssen weiter und irgendwohin, wo es sauberes Wasser und ein Stück Brot gibt. Die Schlange ist bloß ein Tropfen auf den heißen Stein gewesen. Wenn wir uns jetzt nicht aufraffen, kommen wir nie mehr hoch. Dann verderben wir an Ort und Stelle. Und wenn wir Glück haben, werden wir vielleicht in hundert Jahren von russischen Bauern gefunden.

Die Dämmerung bringt ein wenig Kühlung in den Wald. Trotzdem brennt der Durst wie Feuer in Mund und Schlund. Wir sind am Austrocknen.

In der Nähe ist keine Hilfe zu erwarten. Nirgends gibt es sauberes Wasser! Rundherum ist nichts. Nur wenige braune, moorige Regenlöcher und Froschtümpel. Lieber nichts als diese zwischen den Bäumen sumpfenden Dreckbrühen!

Der lockere Wald scheint nicht aufzuhören. Immer wieder Birken und Wacholderbüsche, Heidekraut und langes, scharfes Gras. Es wird ein bisschen dunkler. Das ist hier im Sommer so. Richtig stockfinster wird es nicht. Kaum geht die Sonne auf der Abendseite unter, da erscheint ihre Röte bereits wieder auf dem Morgenhimmel. Trotz des quälenden Durstes suche ich nach einem passenden Schlafplatz. Ich muss in Ruhe überlegen. Es nützt überhaupt nichts, wenn ich mich mit dem Lieutenant durch die Nacht quäle. Da sehen wir nichts und womöglich gehen wir direkt am Paradies vorbei.

Ich höre Pferde wiehern. Irgendwo vor uns, aber noch weit weg. Rasch wenden wir und reiten ein Stück zurück. Leicht könnten sich unsere Pferde durch Zurückwiehern verraten.

Wo Pferde sind, gibt es auch Menschen. Kosaken?

Hoffentlich nicht! Nach dem ersten Schrecken werde ich neugierig. Vielleicht sind es bloß Leute von der Großen Armee. Die eigenen. Solche wie der Lieutenant und ich. Und sie haben womöglich etwas anständiges Trinkbares dabei. Könnte ja sein!

Den Lieutenant verpacke ich in abgerupftes Heidekraut, binde die Pferde an einer Birke fest und gehe vorsichtig in die Richtung, aus der das Pferdewiehern gekommen ist. Von den Pferden höre ich nichts mehr, aber ich rieche Holzrauch. Bald sehe ich in der Dämmerung vor mir einen Lichtschein. Dann höre ich Stimmengemurmel. Die Richtung stimmt also.

Zwischen den Birken lodert ein protziges Feuer. Es ist unvorsichtig weit zu sehen und zu riechen. Vier Männer wärmen sich daran. Ich kann die Uniformen nicht erkennen. Russen oder Eigene? Warum schüren die Männer solch ein Riesenfeuer? Wegen der Wölfe? Die gibt es ja in Russland angeblich so häufig wie auf den Heimatäckern die Spitzmäuse. Hoffentlich lassen die Wölfe meinen Lieutenant in Ruhe!

Vorsichtig gehe ich näher an das Feuer. Vier Männer sitzen daran. Sie tragen hässlich abgeschossene Uniformen. Vor Schreck lasse ich mich ins Heidekraut sinken. Die verwahrlosten Soldaten haben die blauen Uniformen der Reitenden Batterie an.

Bin ich verrückt geworden? Kann ich meinen Augen nicht mehr trauen? Da treffe ich doch in dem riesigen Waldgebiet, weit weg von den Heerstraßen, auf einen Menschen, den ich am liebsten zum Teufel gewünscht hätte. An dem Biwakfeuer sitzt niemand anderer als mein Erzfeind, der Wachtmeister Krauter. Breit und selbstsicher hockt er da, vom Feuer beschienen, und seine Stimme ist scharf und laut wie eh und je.

16

Kosaken hätten mich nicht so erschreckt. Die habe ich ja vermutet. Aber den Krauter nicht! Und der ist viel schlimmer als jeder Russe. Ihm darf ich nicht in die Hände fallen. Wer mit Kanonen auf die eigenen Leute schießt, ist gefährlicher als der schlimmste Feind.

Was machen der Wachtmeister und die drei Trainsoldaten so weit weg von der Heerstraße? Sind sie auf Beute aus? Oder wollen sie wie mein kranker Lieutenant nach Wilna zurück und meiden dabei die große Heerstraße? Eilig scheinen sie es nicht zu haben.

In meinem Kopf ist ein großes Durcheinander. Angst und Hass und Zorn beuteln mich. Warum stoße gerade ich immer wieder auf den Krauter? Es ist zum Verzweifeln! Aber dann kommen auch vernünftige Gedanken. Ich muss mit meinem Lieutenant so rasch wie möglich von hier verschwinden. Bevor uns der Krauter entdeckt. Wir müssen in einem großen Bogen um das Feuer herumreiten. Damit wir ja nicht mit denen in Berührung kommen.

Das ist leichter gedacht als getan. Wenn nur der Lieutenant nicht so kaputt wäre. Er kann ja kaum reiten. Im Sattel wackelt er hin und her und droht jeden Moment abzurutschen. An einen Trab oder schnellen Ritt ist dabei nicht zu denken. Er braucht vorher etwas Ordentliches zu trinken. Auf jeden Fall keine Tümpelbrühe. Dann sollte er sich eine Weile gesundschlafen können. Nein, jetzt dürfen wir nicht weiter. Wir müssen den Morgen abwarten. Außerdem können wir in der Dunkelheit leicht in einen Hinterhalt geraten. Bestimmt streifen auch Kosaken in der Gegend umher. In der Umgebung dieses großen Biwakfeuers sind wir eigentlich recht gut aufgehoben. Falls die Kosaken in der Nähe sind, werden sie sich zuerst auf die sichtbaren

Feinde am Feuer stürzen. Ich bin dann gewarnt und kann mich mit dem Lieutenant verkrümeln. Und mit Sicherheit ist es auch besser, den Wachtmeister im Auge zu behalten. Damit wir rechtzeitig merken, was der zu unternehmen gedenkt, und wir nicht von ihm überrascht werden.

Wenn dieser furchtbare Durst nicht wäre. Wie mag ihn der Lieutenant überstehen? Er ist bestimmt schon halb ausgetrocknet. Hoffentlich kriecht er nicht aus Verzweiflung zu einem der Sumpflöcher, um sich mit dem Dreck den Wahnsinn weg- und den Tod anzusaufen. Einerseits will ich rasch zu ihm zurück. Auch wegen der Wölfe. Andererseits möchte ich noch näher an den Wachtmeister und die Trainsoldaten heran. Die scheinen etwas recht genüsslich zu trinken. Also, Tümpelbrühe trinken die nicht. Entweder haben sie einen Vorrat an Getränken oder es gibt in der Nähe eine saubere Quelle.

Mittlerweile ist es richtig dunkel geworden. Das Biwakfeuer wird heller.

Ein eigenartiger Geruch zieht Fäden über das Heidekraut und zwischen die Birken. Ein sehr angenehmer Duft! Er fliegt mit dem Rauch zu mir her. Brot? Natürlich! Brot riecht so gut. Frische Brotfladen oder so was Ähnliches. Mir wird schwindelig. Der Wachtmeister und die Trainsoldaten backen Brot. Kein Zweifel. Je näher ich an das Feuer herankomme, umso deutlicher riecht das Gebäck. Beinahe vergesse ich mich. Der herrliche Geruch betäubt meinen Verstand. Schon will ich auf die Männer zugehen und mit dem Wachtmeister verhandeln. Ein Reitpferd gegen Brot und ein anständiges Getränk. Das wäre doch ein sauberes Geschäft! Für beide Seiten. Für den Wachtmeister ein wertvolles Pferd und für den Lieutenant und mich das

Leben! Der Lieutenant wäre bestimmt einverstanden damit. Er will ja sicherlich schnell wieder gesund werden. Sein Leben ist schließlich mehr wert als ein edler Araber.

Aber irgendein Funke oder ein Blitz oder sonst was in meinem Kopf warnt mich noch rechtzeitig vor diesem Geschäft. Der Wachtmeister hasst mich zu sehr. Dem traue ich alles Schlechte, aber keinen verlässlichen Handel zu. Was ist, wenn er mir kein Brot und etwas zu trinken gibt und das Pferd trotzdem nimmt? Und wer weiß denn, was er mit mir sonst noch macht. Hier in der Einsamkeit, wo ihn niemand zu bremsen vermag. Schon damit ihn später niemand anklagen kann, muss er mich beseitigen. Wer soll dann den kranken Lieutenant versorgen? Nein, das Geschäft mache ich nicht. Der Krauter ist mir zu gefährlich.

Jetzt bin ich schon so nahe an dem Feuer, dass ich die Gesichter erkennen kann. Es gibt keinen Zweifel. Der Wachtmeister sitzt dort. Die Trainsoldaten kenne ich nicht, habe ich noch nie gesehen.

Alle vier beißen abwechselnd von Fleischbrocken und flachen Broten, die neben ihnen liegen. Vor Hunger und Aufregung beginne ich unkontrolliert zu zittern. Ich könnte schreien. Die vier Männer haben nicht nur reichlich zu essen, sie halten Becher in der Hand und trinken in großen Schlucken daraus. Neben dem Wachtmeister steht ein Fässchen, aus dem er immer wieder die Becher nachfüllt. Wein? Bier?

Eine duselige Schwäche lähmt mich. Das Feuer und die Männer schwanken hin und her. Wo ist oben und wo unten? Magen und Bauch ziehen sich zusammen und jammern knurrend. Die Beine folgen nicht mehr meinen Anordnungen. Schnell lasse ich mich hinter einen Birkenschössling fallen. Jetzt merke ich erst, wie schlecht es mir geht. Nun hat es auch mich erwischt. Nicht nur meinen Lieutenant. Ach Gott! Wie soll das weitergehen?

Ein Wunder müsste geschehen, ein ganz großes.

Nach einiger Zeit komme ich wieder zu mir.

Einer der Trainsoldaten verlässt das Feuer. Wo er hingeht, kann ich nicht sehen. Er verschwindet einfach im Halbdunkel. Für mich besteht keine Gefahr. Der Soldat geht in die andere Richtung. Nach einer Weile kommt er wieder zurück. Er bringt Decken, in die sich die vier Männer einwickeln. Sie werden schlafen wollen!

Wo hat der Trainsoldat die Decken her? Die muss er irgendwo in der Nähe geholt haben. Und schon geht die Fantasie mit mir durch. Ich stelle mir vor, dass dort hinten ein großer Bagagewagen steht und was auf dem Wagen wohl alles ist. Vielleicht, nein, bestimmt sogar die Rettung für den Lieutenant und mich. Ich werde hellwach. In meinem Kopf stapeln sich die abenteuerlichsten Ideen.

Der Krauter befiehlt energisch. Die Nachtwache? Ja! Er und zwei von den Trainsoldaten legen sich ans Feuer. Einer bleibt sitzen. Das muss die Wache sein.

Auch ich bin sehr müde. Aber die Gier nach dem Fässchen und die Sorge um meinen Lieutenant machen mich munter und unruhig. Ob der Kranke überhaupt noch lebt? Hoffentlich haben ihn die Wölfe nicht entdeckt. Wenn die über ihn herfallen, hat er überhaupt keine Chance.

Der Durst! Wir brauchen dringend zu trinken. Ganz schnell! Noch in dieser Nacht! Verrückt, aber ich hoffe plötzlich ganz fest. In dem Fass von dem Krauter liegen meine und des jungen Lieutenants Rettung!

Da weiß ich auch, was ich zu tun habe. Was ich tun muss. Egal, wie es ausgeht! Irgendwo auf der anderen

Seite gibt es Vorräte. Dort muss ich hin und mir holen, was wir brauchen.

Eine Weile warte ich noch. Der Krauter und die zwei um das Feuer liegenden Trainsoldaten rühren sich nicht mehr. Sie scheinen sehr müde zu sein und schlafen sicherlich schon gut und fest. Der Wachposten schmeißt ein paar Prügel ins Feuer. Die Flammen werden wieder größer und heller.

Jetzt ist es so weit. Ich gehe auf die Suche. Ein Stück hinter dem Feuer muss der Bagagewagen stehen. Wenn überhaupt einer dort steht. Sicherlich gut versteckt und bestimmt sind auch die Pferde, die ich wiehern gehört habe, daneben. Weit weg vom Feuer können die gar nicht sein. Wegen der Wölfe.

Der Wachposten ist recht unbesorgt. Er kann mich nicht sehen, denn er stiert immer nur auf die brennenden Äste. Da ist er für die Umgebung blind. Ich mache einen großen Bogen um das Biwak. Ab und zu bleibe ich stehen und horche. Bei den Pferden muss ich vorsichtig sein. Dass sie nicht erschrecken und zu wiehern beginnen.

Es dauert nicht lange, da finde ich den Wagen. Und gleich daneben stehen die Pferde an Birken gebunden. Sechs Stück zähle ich. Gedrungene Kosakenpferde. Gestohlene? Was sonst! Sie werden ein wenig unruhig und schnauben freudig. Wahrscheinlich ist es ihnen egal, wer zu ihnen kommt. Wenn es nur ein Mensch ist.

Der Wagen ist mit einer großen Plane abgedeckt. Ich schaue noch einmal zum Feuer hin! Der Wachposten stiert nach wie vor in die Glut. Vielleicht schläft er auch, er schaukelt so unkontrolliert in den Hüften.

Dann geht es sehr schnell. Ich steige auf den Wagen, schlüpfe unter die Plane, greife hierhin, greife dorthin, ertappe etwas Rundes, Größeres. Aha! Ein Fässlein. Egal, was darin ist. Ich lade es mir auf die Schultern und schleppe es mühsam um das Feuer herum und auf der anderen Seite in den Wald hinein.

Wo ist mein Lieutenant mit den Pferden? Jetzt müsste ich bald in der Nähe unserer Lagerstätte sein. Wenn ich nicht falsch gegangen bin. Hoffentlich nicht! Leise rufe ich ein paar Mal meinen Rappen. Freudig antwortet er mir. Alles ist in bester Ordnung. Der Lieutenant lebt noch. Nicht nur das, er spricht sogar wieder. Die gebackene Schlange hat ihm gut getan. Kein Wolf hat ihn angefallen und er hat auch kein Dreckwasser gesoffen. Zwar krächzt er vor Durst ganz heiser, aber es geht ihm besser.

Er ist plötzlich so anhänglich geworden. Sogar Sorgen hat er sich um mich gemacht. Er teilt mir auch seine abwegigen Gedanken mit. Da hat er doch tatsächlich kurze Zeit geglaubt, ich wäre ihm davongelaufen. Ich hätte ihn wie seine früheren Diener im Stich gelassen.

Was für ein Unsinn!

Und was für ein Glück! Im Fass ist Wein. Der muss sogar recht gut sein. Jedenfalls schlürft der Lieutenant ununterbrochen Schluck für Schluck. Ich mache den Spund wieder zu. Ich will ja auch etwas trinken. »Das ist Medizin!«, japst der Lieutenant. »Mein Bauch ist plötzlich wieder ganz in Ordnung!«

Das mag wohl so sein, trotzdem bleibe ich hart. »Jetzt reicht es!«, sage ich energisch. »Euer Wohlgeboren braucht sich deswegen ja nicht gleich zu Tode zu saufen.«

Ich freue mich. Mit dem Lieutenant scheint es gewaltig aufwärts zu gehen.

Dann mache ich mich nochmals auf den Weg zum Biwak. Ich muss aufpassen, dass ich nicht vor lauter Freude zu singen beginne. Der Wachposten scheint nun vollends zu schlafen. Das Feuer ist recht klein geworden, weil niemand Holz nachlegt.

Der Bagagewagen ist halb voll Waren, Säcke und Säckchen. Ich probiere ein wenig herum. Mit einem angefeuchteten Finger, den ich nachher in den Mund stecke. Sehen kann ich ja nichts. Zwieback und Zucker und Mehl. Wunder über Wunder! Und Hafer für die Pferde. Von jedem nehme ich etwas, nicht zu viel, ich muss es tragen können und es braucht ja nicht gleich aufzufallen. Ich finde auch eine Decke, in der ich meine Schätze abtransportieren kann.

Am Feuer tut sich was. Der Wachtmeister ist munter geworden. Er schimpft und flucht und schlägt auf den Wachposten ein.

Es wird Zeit, dass ich verschwinde. Bevor einer der Männer nach den Vorräten sieht.

Der Morgenhimmel drängt sich bereits kräftig in das bisschen Nacht hinein.

Vorsichtig schleppe ich meine Beute wieder weiträumig um das Feuer herum. Jetzt brauche ich nicht mehr lange zu suchen und zu rufen. Die Richtung stimmt und der Lieutenant erwartet mich schon. Er ist ein kluger Mann und sein Kopf funktioniert wieder einigermaßen. Vollkommen richtig überlegt er, dass wir nach dem dreisten Raub schleunigst verschwinden müssen. Weit weg. Nicht daran zu denken, was der Krauter mit uns macht, wenn er uns mit den gestohlenen Schätzen erwischt. Ich verstaue die Vorräte und helfe dem Lieutenant auf sein Pferd.

Wir reiten in einen wunderschönen Morgen hinein. In ein neues Leben. Welche Richtung? Das wissen wir nicht. Jedenfalls auf die Sonne zu. Dort ist Osten. Nur fort und weit weg vom Krauter. Der Wald sieht überall gleich aus, schütter und fremd. Von Zeit zu Zeit horchen wir rückwärts zwischen die Birken hindurch. Einmal steigen wir kurz ab, essen Zwieback und schlucken Wein. Der Lieutenant gewinnt immer mehr von seinem Leben zurück. Wie rasch die Gesundung voranschreitet, erkenne ich am besten daran, dass er sich wieder geniert. Er merkt es jetzt sogar selbst, dass er ganz abscheulich stinkt. Aber kurz darauf lacht er so herzhaft, dass es mir bis ins Herz hinein wohl tut. Das ist gewiss nicht nur das zurückkehrende Leben, sondern bestimmt auch die aufmunternde und selig machende Wirkung des Getränks aus dem kleinen gestohlenen Fässchen.

»Jetzt langt es, Euer Wohlgeboren!«, sage ich zu meinem fast besoffenen Lieutenant. »Wir müssen sparsam mit dem Wein umgehen und einen klaren Kopf behalten. Schon wegen der Kosaken und dem Wachtmeister Krauter.«

»Rülps!«, sagt der Lieutenant. »Und nix Euer Wohlgeboren! Du sagst ab sofort Konrad Klara zu mir! Weil du fast so was wie mein Bruder bist.«

Ich muss an die Zigeunerin denken.

»Was soll ich sagen, Euer Wohlgeboren?«

»Konrad Klara!«

»Das geht doch nicht, Euer Wohlgeboren!«

»Ich befehle es!«

»Also gut, Euer Wohlgeboren Konrad Klara!«

»Und du heißt Georg?«

»Ne, ich heiße Adam!«

»Adam? Wieso Adam?«

»Ich heiße halt nicht Georg, sondern Adam!«

»Nur Adam? Sonst nichts?«

»Nur Adam!«

»Also ich sage Adam Eva zu dir. Damit du auch einen weiblichen Namen hast!«

»Warum einen weiblichen Namen?«

»Das hat man so! Ich heiße ja auch noch Klara wie meine Mutter.«

»Ach so!«

Dann lachen wir, ich über die Klara und der Lieutenant über die Eva.

17

Dem Krauter begegnen wir eine Woche lang nicht mehr.

Am frühen Vormittag kommen wir aus dem Wald heraus. So weit wir schauen können, gibt es nur Weiden und Reste von Holzhäusern, denen die Armeepferde das Dach abgefressen haben. Die meisten Balken sind gleich an Ort und Stelle verfeuert worden. In der Ferne liegt eine dreckige, lang gezogene Wolke auf der unendlichen russischen Weite. Aufgewirbelter Staub. Die Wolke zieht sich über den ganzen Horizont, von einem Ende zum anderen. So weit die Sehkraft der Augen reicht.

Die große Heerstraße.

Noch immer ist sie voller Soldaten und mit all dem wichtigen und unwichtigen Anhang, den die Riesenarmee hinter sich herzieht.

Dem Lieutenant geht es recht gut. Immer besser! Er kommt schon allein auf das Pferd hinauf.

»Nein! Ins Spital nach Wilna will ich nicht, brauche ich nicht!«, bestimmt er. »Zu was auch? Ich bin ja wieder gesund. Und außerdem, in einem Spital stirbt man bloß.«

Ich zweifle daran und meckere deshalb vor mich hin:

»Wenn der wohlgeborene Konrad Klara meint, dass er gesund ist, dann ist er halt gesund. Und wenn er meint, dass man in einem Spital nur stirbt, dann braucht er auch nicht ins Spital. Er muss ja nicht unbedingt sterben, jetzt wo er wieder allein auf sein Pferd hinaufkommt.«

Wir reiten auf die Heerstraße zu und reihen uns in den ewig kleckernden Nachschub ein. Unsere Pferde waten wieder im knöcheltiefen vertrockneten Dreck und wir schlucken den dicken Staub, der von den Marschierern, Reitern und Fuhrwerken aufgewirbelt wird.

Bereits am frühen Nachmittag wird es duster. Die Sonne verschwindet vollends. Auch ein wechselnder Wind weht die Staubwolke über der Heerstraße nicht mehr weg. Er treibt nur zusätzlich Rauch und Brandgeruch heran.

»He, Adam Eva!«, schreit der Lieutenant. »Das stinkt ja abscheulich! Verbrennt die Welt?«

»Möglich! Euer Wohlgeboren Konrad Klara!«

»Lass das Wohlgeboren, Adam Eva!«

»Also, kein wohlgeborener Konrad Klara!«

Wir hören Kanonendonner. Irgendwo vorne. Links und rechts der Straße brennen einzelne Häuser, manchmal ganze Dörfer. Frauen und Kinder sitzen neben den rauchenden Ruinen. Der Lieutenant schaut weg. Er will das Elend nicht wahrhaben.

»Warum hat Gott sie so gestraft?«, frage ich.

»Nein, nicht Gott, sondern Napoleon hat sie gestraft! Das gehört zu seinem großen Spiel. Er schiebt hunderttausende Soldaten in Divisionen und Regimentern hin und her, hinterlässt ein verbranntes Land, Tote und Verwundete, hungernde Frauen und Kinder. Das gehört alles zu seinem Spiel.«

»Es gibt wohl keinen anständigen Krieg!«

Am Straßenrand liegen verfaulende Pferde und unbestattete Soldaten. Daneben kampieren Blessierte. Wahrscheinlich sind sie auf dem Weg zurück nach Wilna ins Hospital. Sie haben aus verkohlten Holzresten ein Feuer gemacht und ziehen einer Katze das Fell ab.

Rechts liegt ein großer Birkenwald.

Wir wollen eine kurze Rast machen, nehmen unsere Pferde am Zügel und schlüpfen zwischen den Bäumen hindurch. Überall liegen kranke, sterbende und tote Soldaten herum. Ich hätte den Kranken gerne etwas zu essen und einen Schluck Wein gegeben. Aber das geht nicht. Das wäre glatter Selbstmord. Sobald wir von unsren Nahrungsmitteln etwas gezeigt hätten, würden wir totgeschlagen und ausgeraubt werden.

Wir müssen noch weiter in den Wald hinein. Da wird es ruhiger. Kosaken treffen wir nicht. Die sind bestimmt ganz woanders. Wahrscheinlich wollen die mit den kaputten Soldaten nichts zu tun haben. Kranke brauchen sie nicht mehr zu töten. Nur die gesunden Feinde müssen vernichtet werden.

Endlich sind wir allein.

Mit trockenem Reisig mache ich ein kleines Feuer. Es soll nicht unnötig riechen und rauchen. Wir kneten aus Mehl und Wein kleine Fladen und Knödel und backen sie in der Glut. Es wird ein herrliches, knusperiges Mahl. »Wir müssen mit dem Wein sparsamer umgehen!«, sorge ich mich. »Er schrumpft bedenklich zusammen.«

Dann kehren wir wieder auf die Heerstraße zurück.

Der Brandgeruch wird unerträglich. Kein einziges Lüftchen bewegt den aufgewirbelten Dreck. Abenddunst hält ihn fest.

Kosaken preschen plötzlich aus dem Staubnebel heraus, schlagen mit dem Säbel zu und verschwinden wieder. Die Getroffenen schreien ihre Angst um das Leben heraus.

Bauernkarren voller Verwundeter kommen uns entgegen. Die Blessierten sind nicht oder nur notdürftig verbunden, ihre Uniformen von Blut getränkt.

»Was ist los da vorne? Wo kommt ihr her?«

»Smolensk. Es hat eine große Schlacht gegeben. Teufel, Teufel! Drei Tage lang! Wir haben fast gesiegt, aber zu viele von der Großen Armee sind tot oder verwundet und zu nichts mehr zu gebrauchen. Noch so ein Sieg und es gibt uns nicht mehr.«

Mein Lieutenant wird unruhig. Kaum kann er wieder ein wenig krabbeln, da zieht es ihn dorthin, wo gekämpft wird.

Ich ärgere mich. Warum sucht er die Schlacht? Muss er unbedingt kämpfen oder will er gar ein Held werden?

Er schimpft und jammert: »Jetzt haben wir doch tatsächlich die erste große Schlacht verpasst. Napoleon hat ohne uns gesiegt.«

Unbändiger Zorn fährt in mich hinein. Am liebsten würde ich Konrad Klara respektlos bei den Schultern packen und kräftig durcheinander schütteln und ihn anbrüllen. »He! Du kleiner Dummrian!«, sollte ich ihm ins Gesicht schreien. »Jetzt bist du eben dem Tod aus den Fingern geschlüpft und schon willst du ihm wieder nachlaufen! Der Krieg ist nichts für dich!«

Aber das tue ich nicht. Das wäre selbstverständlich unverzeihlich und nicht mehr gutzumachen.

Stattdessen gucke ich traurig in Konrad Klaras glasige Augen. »Reg dich nicht auf, Herr Lieutenant!«, tröste ich ihn. »Vor uns liegen noch viele Schlachten, viel zu viele! Was ist dabei, wenn wir bei einer fehlen? Und was schadet es schon, wenn wir bei allen fehlen? Euer Wohlgeboren!«

»Sag nicht immer Euer Wohlgeboren!«

Es wird ein heller Abend. Feuer brennen im ganzen

Land. Rundherum. Die einen Feuer verbrennen Städte und Dörfer, die anderen wärmen kaputte Sieger und Besiegte.

Wir, der Lieutenant Graf Lämmersdorf und ich, sein Offiziersdiener Georg Bayh, der eigentlich Adam Feuchter heißt, reiten weiter auf der Heerstraße nach Smolensk, überholen Nachzügler, zu Fuß marschierende Reiter und zerlumpte Infanteristen. Unsere Augen versuchen das Elend am Straßenrand zu übersehen und die Ohren den Jammer und die Hilferufe zu überhören. Ein großes Gebäude brennt. Davor knien und flennen verzweifelte Nonnen.

»Was ist los mit den Klosterschwestern?«

»Soldaten haben sie vergewaltigt!«

»Ist das der Krieg?«

»Das ist der Krieg!«

Konrad Klara schluchzt plötzlich. Aber warum will er trotzdem kämpfen und ein Held werden?

»Scheißkrieg!«, stöhne ich.

Die Nacht ist unruhig. Brandgeruch beißt in die Nase und brennt vom Rachen bis in die Lungenflügel. Wir frieren in unseren leichten Reiteruniformen. Ich werde warme Mäntel besorgen müssen. Freiwillig gibt bestimmt niemand etwas her. Wahrscheinlich werde ich sie irgendwo stehlen. Die Nächte sind wieder bitterkalt.

Am Morgen ziehen wir weiter. Der Lieutenant will unbedingt zu seinem Regiment. Er braucht sich nicht mehr an den Straßenrand zu setzen. Die Revolution in seinem Bauch ist vorbei, die Innereien sind ausgetrocknet.

Das ist gut.

Nach Smolensk können wir nicht hinein. Die Stadt ist ganz kaputt, verkohlt. Eine Stadt aus Holz verbrennt zu leicht. Nur Dachreste aus Kupferplatten liegen aufgerollt daneben. Wir reiten knapp an Smolensk vorbei, Richtung Moskau. Barfüßige Infanteristen sitzen am Straßenrand. Den Uniformen nach sind es auch Württemberger. Der Lieutenant befragt einen Lieutenant von diesen zerlumpten Soldaten. Der sieht nicht wie ein Held aus, und er weiß auch nicht viel, aber er sagt uns, dass es bestimmt schon Mitte August ist, ein paar Tage hin oder her, und dass der Napoleon wie ein Wahnsinniger nach Moskau eilt, um die russische Armee einzuholen. Er muss sie unbedingt schlagen und damit den Zaren zum Frieden zwingen. Seufzend fügt der fremde Lieutenant hinzu: »Napoleon muss schleunigst Frieden machen! Sonst gehen wir alle drauf!«

Der Weg der Großen Armee ist gezeichnet. Unübersehbar und erschütternd. Gott sei Dank hüllt der Straßenstaub viel von dem Elend ein. Ich muss aufpassen, dass ich meinen Lieutenant in dem Drecksnebel nicht aus den Augen verliere. Der hat es sehr eilig. Immer schneller wird er. Warum hastet er so verrückt dahin und möglicherweise in sein Unglück hinein? Er soll lieber dem Kampf aus dem Wege gehen und froh sein, dass er noch lebt.

Zwei Tage später holen wir die Reste der Großen Armee ein. Auch unser Regiment finden wir nach einigem Suchen. Es sieht traurig aus und besteht nur noch aus einem kleinen Häuflein mit ein paar Pferden. Zerrissen und zerlumpt wie eine Räuberbande. »Zu tapfer gekämpft!«, lästert der Eskadronchef. »Und alles für die Katz!« Er reitet ganz nahe an den Lieutenant heran und flüstert: »Gegen den Napoleon sollten wir kämpfen, nicht gegen die Russen.« Mein Lieutenant schaut erschrocken um sich. Hoffentlich hat das niemand gehört. Napoleon hat angeblich überall seine Lauscher.

Es ist nicht mehr weit nach Moskau.

Dort werden sich die Russen wieder zum Kampf stellen, sagen die Offiziere des Regiments. Bestimmt! Sie werden es nicht zulassen, dass ihre Hauptstadt in die Hände Napoleons fällt. Sie ist ihnen heilig.

»Die Entscheidung dieses Feldzugs fällt vor den Toren Moskaus. Wir werden siegen und für die bisherigen Opfer und Strapazen reichlich belohnt«, hoffen Offiziere und Mannschaften des Regiments. »Moskau ist unermesslich reich und wir werden einiges von diesen Schätzen mit nach Hause nehmen.«

Es wird ein angenehmer Abend. Unsere Eskadron kampiert neben den rauchenden Balken eines Bauernhauses. Ich krame unsere Schätze hervor. Wir verbacken das Mehl, teilen mit den neun noch einigermaßen gesunden Eskadronskameraden die warmen Fladen und die Reste des Zwiebacks. Dazu trinken wir Wein, es gibt tatsächlich noch für jeden einen Becher voll. Und plötzlich schleichen sich Zauberkräfte in die Männer hinein. Für einen Moment gaukelt der Wein den mutlosen Soldaten eine lebenswerte und frohe Zukunft vor.

Da werde ich mit einem Ruck aus meinem Wonnegefühl gerissen. Ein eiskalter Schauer fährt mir den Rücken hinunter. Hinter meinem Lieutenant steht der Wachtmeister Krauter und starrt wie irre auf das Weinfässchen. Ich glaube, ich habe eine Halluzination oder so was Ähnliches. Schnell putze ich mit dem Ärmel meine Augen sauber und verscheuche den Rauch des Biwakfeuers vor mir. Nein! Da ist kein Wachtmeister. Ich muss mich also getäuscht haben. Doch der Schrecken verflüchtigt sich nur langsam. Zum Kuckuck auch!, beruhige ich mich. Ich werde doch nicht schon mit offenen Augen von dem Halunken träumen und mich von ihm drangsalieren lassen! Mit dem restlichen Wein spüle ich das Krautergespenst hinunter.

18

Mein Lieutenant ist überflüssig geworden. Er hat kein Kommando mehr. Sein Zug besteht nur noch aus zwei Pferden, aus mir und ihm selbst. Man kann sich ohne viel Fantasie leicht vorstellen, dass wir beide samt den Pferden nur deshalb noch vorhanden sind, weil der Lieutenant wegen seiner extremen Bauchmalaise und ich als sein Diener bei der Smolensker Schlacht gefehlt haben.

Der Regimentskommandeur kommt höchstpersönlich und besichtigt den Lieutenant. Die beiden kennen sich recht gut. Sie sind miteinander derart verwandt, dass der eine der Onkel und der andere der Neffe ist. Der hochwohlgeborene Herr Oberst ist mit dem Gesundheitszustand von seinem Neffen einigermaßen zufrieden. Trotzdem zieht er eine schiefe Schnute und rügt ihn auf Deutsch und Französisch, wovon ich allerdings nur das Deutsche verstehe. »Blitz! Donner!«, näselt er. Ob er denn von allen guten Geistern verlassen gewesen sei, dass er dem Befehl, sich in Wilna ins Hospital zu begeben, um sich dort auskurieren zu lassen, nicht Folge geleistet hat. Stattdessen laufe er der Armee nach, um sich mit ihr umbringen zu lassen. Dann rümpft er die Nase, schnüffelt an seinem Neffen herum und schnauft angewidert: »Blitz! Donner! Der Herr Neffe möge sich endlich wieder in einen adelig riechenden Lieutenant zurückverwandeln und dieserhalb das verschissene Zeug und sich selber gründlich säubern.«

Ich werde weniger vornehm dazu verdonnert, den Lieutenant und sein Wams in einen militärisch einwandfreien Zustand zu versetzen. Schließlich sei es ja die vornehmste Pflicht und Aufgabe eines Offiziersdieners, seinen Herrn nicht stinkend umherlaufen zu lassen.

So kommt es, dass mein gnädiger Herr Lieutenant und

ich, sein Diener, nach einer geeigneten Badestelle suchen, um dem Befehl des hochwohlgeborenen Herrn Oberst nachzukommen.

Das aber hat wiederum schicksalhafte Folgen. Wir beide verpassen nochmals eine Schlacht. Fest steht, dass sowohl der Lieutenant als auch ich an dem Versäumnis so unschuldig wie neugeborene Kinder sind, denn wir wissen in diesem Moment natürlich noch nichts von dieser Schlacht.

Wir sind also auf der Suche nach einem passenden See. Der erste liegt zu nahe an der Heerstraße. Darin haben sich schon zu viele dreckige Fußsoldaten und ganze Reiterregimenter samt Pferden gewaschen. Danach sieht das Wasser auch aus und es stinkt bestialisch. Besonders sauber würden wir in diesem See nicht werden, deshalb suchen wir weiter. Und weil der Krieg momentan in einem gewissen Ruhezustand verharrt, hat uns der Herr Oberst einen ganzen Tag Urlaub genehmigt. Wir haben also reichlich Zeit für die Wäsche und brauchen nicht gleich die erstbeste Pfütze zu nehmen. Auch der zweite und der dritte See passen nicht. Im zweiten schwimmen stark lädierte Leichen von Soldaten und Pferden. Wir reiten schnell weiter. Der dritte riecht schlecht und hat nur schlammige Ufer. Ich suche jedoch einen sauberen Waschplatz mit feinem Sand. Schließlich muss ich mit irgendwas den Dreck herausreiben. Der vierte See ist von der Heerstraße weit entfernt und dementsprechend sauber, mit einem Sandstrand. Und er hat den großen Vorteil, dass er menschenleer ist. Nur ein Dutzend Kraniche stelzen im Uferbereich umher.

Vorsichtshalber beobachten wir den See und die Umgebung aus einiger Entfernung. Keine Kosaken oder Baschkiren oder andere Menschen. Auch im angrenzenden Wald bewegt sich nichts Verdächtiges. Wir sind also ganz allein an dem See und können uns und die Uniformen ungestört waschen.

Irgendwo in der Ferne wummern etliche Kanonen. Ob da schon wieder eine Schlacht im Gange ist? Egal. Das ist so weit weg, dass es uns nicht betrifft und deshalb auch nicht zu beunruhigen braucht. Der ferne Lärm nimmt aber rasch zu. Das muss ziemlich im Osten sein. Bestimmt nicht weit vor Moskau. Bei so viel Bummern kann es sich nur um etwas Größeres handeln. Wahrscheinlich doch wieder eine Schlacht! Bestimmt! So viele Kanonenpulverexplosionen und die Massen von Gewehrschüssen! Sogar die Signalhörner und die aufpeitschenden Trommeltakte der zum Schießen und Erschießen aufmarschierenden Regimenter können wir zwischendurch hören, wenn der Wind von dorther weht.

Der Lieutenant drängt zur Eile. Wegen der Schlacht in der Ferne. Er will nicht schon wieder bei einer wichtigen Schlacht fehlen. Dieses Mal nicht!

»Zuerst müssen wir waschen! Uns und die Wäsche. Das ist ein Befehl vom hochwohlgeborenen Herrn Oberst.«

»Aber machen wir schnell!«

Natürlich muss ich beide Uniformen waschen. Ein Lieutenant ist ja keine Waschfrau. Dazu hat er seinen Diener. Und der bin ich. Jetzt sehe ich erst, wie viel Dreck in und auf einer Uniform Platz hat. Auch der feinste Ufersand bringt ihn nicht heraus. Es ist beileibe kein leichtes Geschäft. Lieber würde ich zehn Ställe ausmisten, als eine weiße Lieutenantshose sauber zu schrubben. Ohne Seife und Kochtopf und all das, was zu einer ordentlichen Wäsche gehört. Der Dreck geht einfach nicht raus. Einweichen. Ich versenke die Uniform im seichten Wasser des Seeufers und lege einen großen Stein darauf. Der Schmutz muss doch endlich weich werden und sich aus dem Gewebe lösen. Tut er aber nicht. Nochmals mit Sand reiben! Die Reiberei hat Grenzen. Es sieht aus, als ob das Gewebe in nichts zerrieben würde und nur der Dreck erhalten bliebe. Für so dreckige, scheckige Hosen müsste man sich eigentlich rot schämen.

In der Ferne donnert es immer mehr. Wie ein pausenloses Gewitter rumpelt und pumpelt es. Da scheint einiges los zu sein. Und wir, der Lieutenant Graf Lämmersdorf und ich, sein Diener, sind wieder nicht dabei.

Gott sei Dank! Aber das sage ich natürlich nicht.

»Dort irgendwo muss Moskau liegen«, sinniert der Lieutenant.

»Kann schon sein!«

Der Sommer ist nicht mehr viel wert. In Russland ist er sowieso ganz anders als zu Hause. Die Sonne pfuscht sich noch so recht und schlecht durch die letzten Sommertage. Lustlos oder beleidigt. Zum Wärmen ist sie nicht mehr bereit. Wenn sie sich nicht besser anstrengt, bringt sie die Uniformen nicht trocken. Ich habe die Hosen an der sonnigsten Stelle über einen Busch gehängt. Dort hechelt gelegentlich ein leicht angewärmter Wind vorbei.

Für uns selbst gilt natürlich das Gleiche wie für die Hosen. Wir müssen uns ebenfalls ausgiebig einweichen. Das Wasser ist noch mäßig warm. Es hat Reste von der Hitze der Juli- und Augustwochen gespeichert. Drinnen im See ist es wohliger als draußen bei kaltem Ostwind. Die Haut braucht eine Weile, bis sie weich wird und wieder wie Haut aussieht. Konrad Klara kann schwimmen. Er hat es zu Hause im Fischteich des gräflichen Gutes gelernt, wie er erzählt. Ich kann mich ebenfalls gut über Wasser halten und so vergnügen wir uns wie die kleinen Kinder. Konrad Klara vergisst sich und denkt nicht mehr an die Schlacht. Er jauchzt und prustet, und auch ich vergesse den Krieg. Mitten im See liegt eine kleine Insel. Natürlich wollen wir dorthin schwimmen. Es ist dann doch weiter, als wir geschätzt haben. Schnaufend landen wir und schauen ans Ufer zurück.

»Verdammt weit! Da drüben sieht alles so klein aus!«

»Aber schön war's, allerdings auch anstrengend!«

»Doch, schön war's! Ich bin noch nie so weit geschwommen.«

»Moment mal! Ist das da drüben auch das richtige Ufer?«

»Ja sicher!«

»Glaube ich nicht! Dann müssten doch unsere Pferde dort bei den Bäumen stehen. Stehen sie aber nicht.«

Aufgeregt und Schlimmes ahnend schwimmen wir nach kurzer Rast ans Ufer zurück.

Die Pferde fehlen.

»Hast du sie woanders angebunden?«

»Nein! Bestimmt waren sie hier. Man sieht ja noch die Hufeindrücke im Sand.«

»Und die Uniformen, die zum Trocknen auf dem Wacholderbusch lagen?«

»Die sind auch weg!«

»Alles weg!«

»Auch unser Geld!«

Noch nie in meinem ganzen Leben habe ich so viel Geld besessen. Gestern erst ist der Auditor endlich nachgekommen und hat die Löhnung für ein halbes Jahr ausbezahlt. Zehn Alberttaler für mich. Dafür hätte ich zu Hause eine kleine Baumwiese kaufen können oder ein paar Schafe, und wenn die Preise günstig stünden, auch zwei Kühe. Der Lieutenant ist noch schlechter dran. Er hat ein halbes Vermögen dabeigehabt. Über eintausend Gulden. Verdammt viel!

Wie wahnsinnig laufen wir am Ufer hin und her.

Alles ist weg! Alles!

Wir haben überhaupt nichts mehr. Nackt und bloß stehen wir da.

»Jemand hat uns bestohlen!«

»Kosaken oder Baschkiren?«

»Glaube ich nicht! Die Kosaken hätten auf uns gewartet und uns im See ersäuft. Die hätten nie so heimlich gestohlen.«

»Aber wer war es dann?«

»Vielleicht Bauern aus der Gegend oder Banditen!«

»Scheißkrieg, in dem man nackt rumlaufen muss.«

Schnell verstecken wir uns im Gebüsch und beobachten den Waldrand. Falls die Kosaken doch in der Nähe sind. Oder gar die Baschkiren!

Die Ebene ist leer. Nichts zu sehen! Jemand muss aber da gewesen sein und die Pferde und die Uniformen mitgenommen haben.

Ich fluche lästerlich.

»Und ich habe mich mit der Wascherei so geplagt. Vielleicht hätten die Diebe die verschissene Lieutenantshose liegen lassen. Wenn ich das gewusst hätte!«

In der Richtung, wo angeblich Moskau liegt, gewittern immer noch die vielen Kanonen.

»Meine schönen Araber!«, winselt Konrad Klara.

»Wie kommen wir jetzt am besten zum Regiment zurück?«

»Herzu war es mit den Pferden ein halber Tagesritt. Ohne Pferde, ohne Kleidung, barfuß! Unmöglich! Wir kommen nie mehr zum Regiment zurück!«

Ich hätte heulen können.

Konrad Klara tut es.

Ein weinender Lieutenant! Was wohl der König von Württemberg oder gar Napoleon dazu sagen würden?

19

Wir warten, bis es halbwegs dunkel ist. Die Ebene ist menschenleer. Wahrscheinlich sind die Räuber durch den Wald davongeritten und haben auf der anderen Seite das Weite gesucht. Hoffentlich! Oder sie stecken noch im Wald. Hoffentlich nicht! Wir könnten uns nicht einmal wehren. Höchstens mit bloßen Händen. Unsere Waffen sind ja auch weg.

»Nichts zu sehen! Keine Kosaken. Auch keine Baschkiren.«

Wir müssen das Halbdunkel ausnützen. Damit wir weder von Kosaken, Baschkiren oder anderen Menschen gesehen werden. Nackt, wie wir sind, müssen wir uns vor den Menschen schämen. Obwohl wir gar nichts dafür können.

Barfuß und hungrig wandern wir los. Verdammt kalt ist es geworden. Seit die Sonne weg ist, kommt vom Osten ein eisiger Wind.

»Direkt von Sibirien her zieht er«, sagt Konrad Klara. »Dort streicht der Wind wahrscheinlich schon über Eis.«

»Sibirien!«, sage ich. »Da gibt es also hinter Russland noch ein Land?«

»Bestimmt!«, zittert Konrad. »Und noch viel mehr!«

»Was du alles weißt!«, beneide ich Konrad Klara.

Konrad Klara schüttelt sich vor Kälte. Trotz der einbrechenden Dunkelheit sehe ich, dass er von einer dicken Gänsehaut überzogen ist. Seine Zähne hauen aufeinander und klappern.

Mir geht es auch nicht gut. Ich könnte jetzt einen dicken Pelzmantel vertragen, so einen, wie ihn die gnädige Frau vom Gutsverwalter in Schönbronn hat. Und warme Socken und Schuhe und eben alles, was den Körper wärmt. Aber wir haben nichts. Überhaupt nichts. Nicht einmal ein Schnäuztuch. Konrad Klara muss es mir erst abgucken, wie man ohne so ein Tüchlein die Nase sauber machen kann. Das ist notwendig, denn die Nasen beginnen vor lauter Kälte zu tröpfeln. Die Knechte zu Hause rotzen immer so einfach, auch die gemeinen Soldaten im Regiment tun es nicht anders. Sie schnäuzen sich alle mit den Fingern. Hat er das noch nie gesehen, der Konrad Klara?

»Adam Eva!«, sagt er »Mich friert ganz arg.«

»Mich auch! Russland ist ein kaltes Land. Dabei kann der Sommer doch noch nicht vorbei sein. Wir müssen uns warm laufen.«

Aber Konrad Klara hält es nicht lange aus. Er wird immer langsamer und bleibt bald zurück. Ihm steckt die letzte Krankheit noch in den Knochen. Sein Atem keucht kurz und pfeifend.

Mir gefällt das nicht. Ein Knecht aus Morbach hatte auch dieses Lungenpfeifen. Der war dann ganz schnell erstickt. Auf jeden Fall war der daran gestorben. Konrad Klaras windiges Schnaufen hört sich genauso an.

»Mein Lieutenant soll noch nicht sterben!«, bettle ich leise zu dem Großen hinter den Birken und dem darüber liegenden unendlichen Himmel. Vielleicht nützt es was. Ich habe da ja einige gute Erfahrungen gemacht.

Sind wir von da oder von da gekommen? Keine Ahnung! Die russische Welt sieht überall gleich aus. Am besten, wir gehen auf die bellenden Kanonen zu. Logisch! Wo eine Schlacht ist, da ist auch die Armee.

Wenn es nur nicht so kalt wäre. Abwechselnd gehen und laufen wir. Die Kälte kriecht wie kalter Atem aus dem Boden heraus.

In Russland ist der Mensch nicht für ein nacktes Leben geschaffen.

Es hat keinen Sinn. Konrad Klara kann nicht mehr. Auch mir scheint das Blut einzugefrieren. So kommen wir nicht weiter. Wir müssen uns schnellstens aufwärmen.

Aber wie, ohne Feuer!

Vor uns liegt ein kleines Wäldchen.

»Da machen wir Biwak!«

»Ich erfriere«, zittert Konrad Klara.

»So schnell erfrierst du nicht, Euer Wohlgeboren!«

»Lass das Wohlgeboren sein!«, ärgert er sich.

Der früh dunkelnde Abend hat keine Sterne. Die braucht er auch nicht. In der Ferne tobt immer noch die Schlacht und die erhellt den Himmel im ganzen Osten. Die Armeen schießen sich Licht.

»Scheißkrieg!«, fluche ich lästerlich. Konrad Klara widerspricht nicht. Hustend bellt auch er: »Scheißkrieg!«, und er zittert dabei seine Haut runzelig.

Ich sehe mich in dem Wäldchen um. Keine Menschenseele drin! Da können wir übernachten. Ich breche weiche Äste, raffe altes Laub zu einem Hügel darüber, reiße Moos aus dem Boden und schichte es über das Laub. Noch ein paar Äste drauf, damit das Lager dicht bleibt und zusammenhält. Dann schlüpfen wir in den Hügel hinein.

Konrad Klara klappert noch eine Weile. Aber bald beruhigt er sich. Er atmet wieder gleichmäßig. Es wird wohlig warm in unserem Biwak. Wir werden die Nacht überleben!

Der Morgen ist anständig. Von der Schlacht vor Moskau hören wir nichts mehr. Sie scheint vorbei zu sein. Die Sonne steigt aus einem dicken Dunst heraus. Herbstlich müde funzelt sie auf uns. Der Qualm der gestrigen Schlacht nimmt ihr die Kraft. Trotzdem hat sie noch ein bisschen Wärme für Konrad Klara und mich. Hunger und Durst treiben uns schnell weiter.

Kein Mensch ist zu sehen! Den ganzen Vormittag treffen wir niemanden. Nur einmal reiten ein paar rote Kosaken weit draußen vorüber. Vorsichtshalber legen wir uns flach auf den Boden. Wir werden nicht gesehen. Wer weiß denn, was Kosaken mit zwei nackten Feinden machen würden?

Die Schlacht scheint wirklich vorbei zu sein. Der Kanonendonner hat gänzlich aufgehört.

Der Hunger kratzt im Magen. Ich könnte Gras fressen. Der Durst ist noch schlimmer. Aber wir trinken nichts. Mit krankem Wasser haben wir bereits ganz schlechte Erfahrungen gemacht.

Am späten Nachmittag kommen wir in ein Dorf. Ich will versuchen zwei Hosen zu stehlen und vielleicht auch etwas zu essen und zu trinken. Konrad Klara ist zwar gegen Stehlen, aber wir brauchen doch mindestens Hosen. Das Dorf scheint ausgestorben zu sein. Die Haustür des ersten Hauses ist verriegelt. Die zweite auch, keine Tür lässt sich öffnen. Ich suche einen Gegenstand, mit dem sich Türen aufbrechen lassen. Noch rechtzeitig entdecke ich die mit Prügeln bewaffneten Männer. Sie warten neben dem Nachbarhaus auf mich. Ich gehe schnell weg. In einiger Entfernung beginne ich zu laufen.

Wie kommen wir bloß zu Hosen? Wenn wir Geld oder etwas zu tauschen hätten!

Konrad Klara tröstet mich. »Ach Adam Eva!«, sagt er. »Nimm's nicht so schwer! In der Bibel sind Adam und Eva auch nackt gewesen. Man muss sich nur daran gewöhnen.« Nach einer Weile fügt er hinzu: »Wenn es nur etwas wärmer wäre.« Er hustet wieder.

Lange hält Konrad Klara das nackte Leben nicht aus. Er friert so schnell. Ich muss immer an das Lungenpfeifen von dem Knecht aus Morbach denken. Der hat genauso röchelnd gehustet, bevor er daran gestorben ist.

Gegen Abend kommen wir aus der Ebene heraus. Ein schönes friedliches Abendrot liegt über dem Land. Endlich haben wir unser Ziel erreicht. Wir haben den Anschluss an die Armee gefunden. In der Ferne vor uns ist ein Hügel voller Soldaten. Überall am Hang liegen sie, auch ihre Pferde. Hundert, tausend? Ruhen sie sich von den Kämpfen aus oder warten sie hier auf eine neue Schlacht?

Vorsichtig gehen wir näher hin. Wir schämen uns wegen der Nacktheit. Aber die Männer beachten uns gar nicht. Die ganze Gegend stinkt fürchterlich.

Welche Regimenter sind es? Auf die Uniformen achten!

»Unsere?«, fragen Konrad Klara und ich fast gleichzeitig.

Wir sehen keine württembergischen. Nur Franzosen, Westfalen, Preußen und …

»Sieh mal, Adam Eva! Da sind doch auch Russen!«

»Russen?«

»Zweifellos! Russische Infanteristen!«

Was machen Russen bei Napoleon?

»Die sind alle tot!«, schreit Konrad Adam.

Da sehe ich die blutigen Leiber, säbelzerhauene Arme, von Kanonenkugeln zerrissene Köpfe. Nebenan eine Grube. Viele Arme und Beine und ganze Körper liegen darin. Da hat wahrscheinlich noch vor kurzem ein Arzt gearbeitet. Mir wird eiskalt und schwitzend heiß. Ich kann kaum noch reden.

»Ach, Konrad Klara!«, presse ich leise heraus. »Wir sind auf dem gestrigen Schlachtfeld.«

Konrad Klara zittert von oben bis unten.

»So viele!«, stöhnt er.

Der gräfliche Lieutenant lehnt sich plötzlich an seinen Diener. Er drückt sein Gesicht auf meine nackte Brust. So steht er eine Weile. Dann springt er weg.

Schämt er sich?

»Scheißkrieg!«, schreit der junge Lieutenant Graf Lämmersdorf.

Ich gehe auf ihn zu und ziehe ihn von den Leichen weg. Das zurückgelassene Schlachtfeld ist zu grausam. Gibt es überhaupt noch Grausameres? Oben auf dem Hügel bewegt sich etwas. Wölfe schleichen herum.

Wie viele junge Männer sind hier geschlachtet worden? Heißt es deswegen Schlacht und Schlachtfeld? Haben sich alle diese Soldaten für Napoleon totschießen lassen? Jetzt liegen sie einträchtig mit den Feinden neben- und aufeinander. Anscheinend sind doch noch nicht alle tot. Immer wieder jammert und schreit und wimmert es aus einem blutigen Bündel. Wir können nicht helfen. Wie denn? Schnell fort! Diese Bilder dürfen sich nicht zu tief eingraben. Sonst lassen sie sich nie mehr auflösen.

Unglaublich! Trotz des tausendfachen Todes um mich herum kommt mir ein ganz furchtbarer Gedanke. Da liegen so viele Hosen umher, blutige und saubere. Je nachdem, ob die Soldaten oben oder unten erschossen worden sind. Ich müsste sie nur den Toten wegnehmen. Ganz einfach!

Da wird mir speiübel. Ich setze mich auf ein freies Stück im Schlachtfeld und würge den halben Magen heraus.

Konrad Klara kann kaum noch gehen, aber er hilft mir auf die Beine.

Nackt und bloß stolpern wir über die verstümmelten Helden.

Wir brauchen Hosen. Ich zwicke die Augen zu einem Schlitz zusammen. Damit ich nicht alles sehen kann. Nur nach passenden Hosen glotze ich. Die meisten taugen nichts mehr. Sie sind zerrissen, durchlöchert oder blutgetränkt. Aber da wäre eine für meinen Lieutenant. Zwar keine württembergische, aber sie sieht sauber und unversehrt aus. Der Träger der Hose hat einen Schuss in die Brust bekommen. Der hat dem Beinkleid nicht geschadet. Nicht lange fackeln. Entweder oder. Nackt oder Tote berauben. Plötzlich knie ich vor dem toten Soldaten und ziehe an der Hose. Nur ganz schnell! Damit es gleich vorbei ist. Zum Glück ist es ziemlich finster. So kann ich das Gesicht des Gefallenen nicht sehen! Die Hose ist eng. Sie lässt sich nicht über die Schuhe ziehen. Also Schuhe aus! Es sind gute Schuhe. Die könnten mir passen. Ich will sie probieren. Sie sind innen noch warm. Wieso warm? Der Soldat zuckt zusammen. Also lebt er noch.

Da wird mir schwarz vor den Augen. Ich schmeiße die Schuhe hin und schleppe mich weg.

20

Rundherum ist wieder kalte Nacht. Mit mir geht es zu Ende. Ich friere mich zu Tode. Der Hunger! Und der Durst! Das Leben macht schon einen großen Bogen um mich herum. Auch Konrad Klara zittert nur noch. Er sagt nichts mehr und schaut immer in ein Loch hinein. Was gibt es da zu sehen? Das Ende? Aber vor dem Ende werde ich noch zu einem Dreckloch kriechen und saufen. Schluss mit der Plackerei!

Die toten Soldaten auf dem Hügel und die abgeschnittenen Arme und Beine verschwimmen in der Dunkelheit. Doch auch Leben regt sich dazwischen. Schleichende Schatten. Das sind die Wölfe. Da kriege ich Angst um Konrad Klara. Ich setze mich ganz nahe zu ihm und wärme ihn ein wenig. Und er mich. Das ist so viel wie gar nichts. Die Wärme hat uns beide verlassen, wir sind schon halb erfroren. Und die Wölfe kommen heran. Ihre Augen funkeln schon ganz nahe.

Bald ist es vorbei. Ich halte mich an Konrad Klara fest.

Eine Fackel leuchtet mir ins Gesicht.

»Da lebt noch einer!«, höre ich jemanden über mir. »Und da ist noch einer!«

»Es ist doch eine Schande!«, sagt ein anderer. »Denen hat man schon bei lebendigem Leib die Uniform ausgezogen. Die sind bereits halb erfroren.«

Ich werde in einen Mantel gehüllt und weggetragen. Langsam erwärme ich mich. Jemand hat mich an ein großes Feuer gelegt. Neben mir liegt Konrad Klara.

Und plötzlich will ich wieder leben.

Später gibt es aus einem großen Kessel eine heiße Brühe. Vielleicht ist es auch ein Kräutertee. Egal, was es ist. Mir schmeckt alles und nichts. Aber das Getränk wirkt Wunder. Der Durst ist weg, der Hunger ist weg. Konrad Klara streckt sich am Feuer aus. Er lächelt sogar ein wenig.

21

Zwei Tage später stehen wir wieder auf den Beinen, der Lieutenant und ich, sein Diener. Ein Wachtmeister hat uns im Auftrag des Herrn Oberst eine Uniform besorgt. Irgendeine. Soldaten können ja nicht nackt in einem fremden Mantel umherlaufen. Wir sind beide standesgemäß eingekleidet worden. Konrad Klara ist jetzt ein portugiesischer Lieutenant und ich ein französischer Gemeiner. Wahrscheinlich gibt es gerade keine württembergischen Uniformröcke. Bei den Hosen wäre das egal. Hose ist Hose. Aber die Hüte oder Kaskaden oder Helme und die Rangabzeichen, die Schärpen auf der Brust und was alles zu einer kleidsamen Uniform gehört, die machen natürlich den Unterschied. Neu sind beide Uniformen nicht mehr. Stark verdreckt, sehr stark verdreckt sogar! Mein französischer Rock hat auf der linken Schulter ein ausgebranntes Loch und in die Hose darf ich nur schlüpfen, ohne einen Blick darauf zu werfen oder wenn es finster ist. Nie und nimmer würde ich sonst meine Beine und den Hintern in das schmutzige Zeug hineinstecken. Immerhin ist das hässliche Stück noch besser als gar nichts, denn nackte Soldaten erfrieren schneller als uniformierte. Ich habe den Verdacht, dass die Kleidungsstücke toten Soldaten ausgezogen worden sind. Auch mein Lieutenant hat auf dem Rücken des portugiesischen Uniformrocks ein dunkel eingerahmtes Loch. Der Fleck rund um das Loch sieht wie Pulverbrand und eingetrocknetes Blut aus. Der portugiesische Lieutenant ist wohl von hinten erschossen worden.

Vom einst so stolzen Jäger-Regiment zu Pferd ist nur noch eine schwache Kompanie mit halblebigen Reitern und klepperdürren Pferden übrig geblieben.

Anscheinend herrscht auch Dienermangel in der Armee. Ein älterer Major will mich unbedingt als Diener haben.

Um alles in der Welt! Bloß das nicht! Ich erschrecke. Da müsste ich ja meinen wohlgeborenen Herrn Lieutenant abgeben. Davor möge ich verschont bleiben. Leider kann ich nichts dagegen tun. Den Herrn Major ablehnen? Das wäre Befehlsverweigerung und ich würde erschossen werden. Jetzt kommt es nur darauf an, was

Konrad Klara dazu sagt. Ob ich ihm bloß ein ganz gewöhnlicher Offiziersdiener bin, den man wie die Socken austauscht, oder …? Auf jeden Fall will ich meinen Lieutenant behalten. Wir haben schließlich zusammen einiges erlebt, uns gegenseitig am Leben erhalten, gemeinsam gefreut, geärgert und geschämt. Was kann dagegen der Herr Major vorweisen? Überhaupt nichts. Aber das spielt beim Militär keine Rolle. Nur Befehle regieren eine Armee. Sonst nichts.

Nein, ich habe mich nicht getäuscht. Das freut mich ganz arg. Am liebsten würde ich dem Herrn Lieutenant um den Hals fallen. Was ich natürlich nicht tue, weil so etwas zwischen einem Offiziersdiener und seinem Herrn völlig unmöglich ist. Da geht vorher eher die Welt unter.

»Ich gebe meinen Diener, den Reiter Georg Bayh, nicht her«, trotzt der Lieutenant Graf Lämmersdorf. »Unter keinen Umständen!«, sagt er dem Herrn Major. Man müsse es ihm schon befehlen, und dann könne er eventuell zum ersten Mal in seinem Leben einen Befehl verweigern.

Ich juble. Er gibt mich nicht her! Mein Lieutenant gibt mich nicht her! Er würde deswegen sogar einen Befehl verweigern. Der Major ist sauer und keift, dass er immerhin auch ein Graf sei und obendrein ein mit dem Kreuz der Ehrenlegion dekorierter, lang gedienter Offizier, und seinem Diener wäre vorvorgestern in der Schlacht bei Borodino von einem Kosaken der Kopf gespalten worden und deswegen habe er gerade keinen, und es gäbe im ganzen Regiment keine akzeptablen Diener mehr, außer diesem Reiter Georg Bayh, und der stehe ihm, dem Ranghöheren, natürlich eher zu als einem kleinen Offizierchen, dem die Eierschalen noch hinter den Ohren klebten.

Es kommt zum Streit zwischen dem Major und dem Lieutenant. Sie zanken sich um mich, um einen gewissen Reiter Georg Bayh. Der eine will mich haben, der andere will mich nicht hergeben. Am Ende setzt sich der jüngste Lieutenant der württembergischen Armee durch. Der Oberst ist schließlich sein Onkel und obendrein ein gescheiter Mann. Deshalb entscheidet er den Streit weder so noch so. Zum Schluss hat keiner einen Diener. Wobei das wiederum nicht ganz stimmt, denn es bleibt im Grunde alles beim Alten. Der hochwohlgeborene Herr Oberst befördert mich nach einer Sekundenrücksprache mit dem Generalmajor zum Korporal. Wegen besonderer Tapferkeit in mehreren Fällen und mit sofortiger Wirkung. Als Korporal aber kann ich kein Diener mehr sein, weder der eines Lieutenants noch der eines altgedienten Majors.

Raffiniert. Konrad Klara und ich reiten weiterhin nebeneinander im Regiment, nicht weit hinter dem Oberst. Wir sind froh, der Major ist sauer. Wieder einer, vor dem wir beide uns in Acht nehmen müssen.

Und der Krieg geht weiter.

Die meisten Pferde des Regiments liegen irgendwo am Rand der ewig langen Heerstraße, auf einem Schlachtfeld, oder sie sind davongelaufen oder gestohlen oder in einem Biwakfeuer geröstet und verspeist worden. Ich könnte heulen, wenn ich nur daran denke, wie stolz das Regiment vor einem halben Jahr aus Ludwigsburg ausgezogen ist. Und wie sieht es jetzt aus! Alles kaputt!

Natürlich hat das Regiment auch ein paar Pferde erbeutet. Aber das ist nur mickriges Kleinzeug. Ich sitze auf so einem Steppengaul. Er ist ungepflegt, kurzbeinig und struppig. Wahrscheinlich ist er vorher ein Kosakenpferd oder Baschkirenrösslein gewesen? Er sieht nach gar nichts aus und ein langer Lulatschreiter müsste im Notfall mit den Füßen mitlaufen oder bremsen. Trotzdem habe ich Glück mit meinem Pferdchen. Es ist so klein, dass es zuerst niemand haben will. Es passt überhaupt nicht zu einem Chevauleger-Regiment. So was Mickriges! Aber es ist wie ein Teufel. Und wenn ich ihm die Peitsche zeige, wird es zum Riesenadler und rast fliegend über der Erde dahin. Nebenbei hat es auch ein gutes Herz. Schon nach einem Tag sind wir uns einig, das Steppenpferdchen und ich. Wir passen zusammen.

Konrad Klara hat ein größeres Pferd bekommen. Er tut sich aber viel schwerer damit. Vielleicht merkt das Tier, dass sein Reiter es nicht mag. Natürlich hat es nichts von einem edlen Araber, auf dem der Graf zu sitzen gewohnt ist. Bestimmt spürt so ein Naturgeschöpf die Abneigung.

Die Russen überraschen uns. Sie schießen von einem unscheinbaren Hügel aus. Wie auf dem Präsentierteller tappt unser Regiment ins Schussfeld hinein. Die Reiter sprengen nach allen Seiten davon. Sie verkrümeln sich vor dem hinterhältigen Bombardement. Das gefällt dem Herrn Oberst überhaupt nicht. Er schaut sich die verzwickte Lage eine Weile an. Plötzlich gerät er in Zorn, und wenn er in Zorn gerät, kennt er sich selbst nicht mehr. Er wendet sein Pferd und reitet direkt auf die Kanonen zu. Sein halblebiges Regiment hinter ihm her. Achtzig klepperdürre, ungewohnte Steppenpferde, auf denen schwindsüchtige, hungernde Reiter kleben. Damit sprengt der Oberst schnurgerade auf die feindlichen Kanonen zu. Bis die ihre schweren Rohre auf die Anstürmenden richten können, ist schon alles zusammengehauen. Es ist das erste Mal, dass ich mit dem Säbel spalte. Immer wenn ich wo hineinschneide, drücke ich schnell die Augen zu. Damit ich kein Gesicht zu sehen bekomme. So ein Gesicht könnte sich in meinem Kopf festmalen und ich brächte es womöglich nie mehr los. Dann müsste ich jedes Mal daran denken und mich fragen, warum ich gerade diesen Menschen zu Tode gesäbelt habe.

Aber das schlechte Gewissen verflüchtigt sich schnell. Nach ein paar Hieben gewöhne ich mich an das Hauen und Töten. Mein eigener Kopf ist mir so eigenartig fremd geworden. Innen ist er völlig leer und fühlt nichts, dafür klopfen die Schläfen unter dem Kaskett wie schwere Artillerie. Ohne einen Tropfen Schnaps bin ich total besoffen. Mein Lieutenant hat ganz traurige Augen. Er haut wie ein Wahnsinniger um sich. Bis ihm die Arme herabhängen und der Säbel am Boden schleift. Er reitet ganz nahe an mich heran und ruft mir zu: »Scheißkrieg!«

Da werde ich wieder normal und freue mich, dass es diesen Lieutenant gibt. Am meisten freut es mich aber, dass Konrad Klara keine Freude am Töten hat.

»Euer Wohlgeboren Konrad Klara!«, rufe ich zurück. »Pass auf dich auf und behalte dein Leben! Wir brauchen es für die Zukunft.«

Er lacht und wehrt wie ein alter Haudegen den Säbelhieb eines Russen ab.

Das Regiment verliert nur ein Pferd und drei Mann. Aber selbst das ist der Krieg nicht wert.

Irgendein französischer Marschall beobachtet die Attacke, ist begeistert, nestelt das ihm von Napoleon persönlich verliehene vergoldete Kreuz der Ehrenlegion von der Brust und will es dem Oberst überreichen. Aber der mustert den Marschall so abwertend, als sei der nur einer von den zahlreichen Taglöhnern auf seinem Gut, gibt seinem Pferd die Sporen und jagt davon. Der Marschall ist verdattert. Dann sieht er mich und weil er in mir wegen der Uniform einen Franzosen vermutet, reitet er auf mich zu. Will er mir den Orden verpassen? Das geht sowieso nicht. Ein Gemeiner darf solch einen Orden nicht bekommen. Auch mich erwischt der Marschall nicht, weil ich ihm ebenso wie mein Lieutenant nur Rücken und Hintern zuwende und hinter dem Oberst herreite.

22

Unser Regiment reitet auf Befehl irgendeines napoleonischen Marschalls von morgens bis abends. Wie die ganze Grande Armée, soweit sie auf Pferden sitzt. Immer dem Kriegsglück hinterher und einer Entscheidung entgegen! Aber das Kriegsglück ist futsch und die Entscheidung kommt nicht.

»Da vorne ist Moskau!« Der Oberst sagt es seinen Offizieren.

Wo? Um die Waldecke! Nein! Hinter dem nächsten Hügel! Auch nicht! Der Herr Oberst will sein Regiment wohl nur aufmuntern!

Der Soldat muss immer zum Kämpfen aufgeputscht werden und einen Zorn auf seinen Feind haben! Sonst kämpft er nicht richtig. Und er muss wissen, wo es hingeht. Moskau ist so ein Ziel. Das allerletzte in diesem Krieg. Und es lockt mit all seiner Pracht und seinen großen Schätzen. Der letzte Mann in der Grande Armée weiß das.

Aber vielleicht gibt es dieses Moskau gar nicht und Napoleon hat es nur erfunden, um die Soldaten bei der Stange zu halten.

Dann plötzlich doch! Das Regiment trabt aus einem Wäldchen heraus und da liegt ihm Moskau zu Füßen.

Erstaunlich! Was es auf der Welt alles gibt! Eine riesige Stadt dehnt sich von Horizont zu Horizont, die ersehnte, die oft angezweifelte, die reiche, die heilige Stadt, die Hauptstadt Russlands. Wegen der die Große Armee so weit geritten und marschiert ist.

Mein Herz beginnt schneller zu schlagen.

Die letzten Sonnenstrahlen liegen auf der schönen Stadt. In schnurgeraden Straßen reiht sich Haus an Haus, so weit man schauen kann. Die meisten Häuser sind aus Holz, viele mit Strohdächern. Dazwischen hohe Steinbauten und zahllose Kirchtürme aus Gold, bunte Zwiebeltürme mit goldenen Doppelkreuzen. Direkt vom Himmel angestrahlt schimmert das Dachmeer friedlich in der Abendsonne. Viel zu friedlich!

Vom Zaren und seinen Armeen ist nichts zu sehen.

Der Oberst ist verärgert.

»Wann kommt es zur Schlacht?«, fragt er immer wieder. »Der Zar muss doch seine Hauptstadt verteidigen! Das gehört sich so! Kennen die Russen keine Kriegsregeln?«

Und der Major an seiner Seite fügt hinzu: »Jeder Russe hat den letzten Blutstropfen dafür herzugeben, für solch eine Stadt.«

Aber die Russen schlagen keine Schlacht und vergießen keinen Blutstropfen für Moskau! Und der Zar lässt sich nicht blicken. Er tut nicht, was Napoleon will. Anscheinend denkt er anders. Jedenfalls lässt er sich nichts vorschreiben.

Französische Garden ziehen vorbei. Ungeniert reiten sie direkt auf Moskau zu. Sie sind ausgeruht und gut genährt und schön anzuschauen. Ihre Uniformen hat noch keine Schlacht verdreckt. Die Pferde tänzeln verhalten. Wie auf dem Kasernenhof oder bei Paraden in Paris. Napoleons Leibgarden sind eine militärische Augenweide. Mittendrin reitet ein kleiner gedrungener Mann in einer grauen Uniform.

»Ist das der Napoleon?«

»Bestimmt! Wer sonst?«

Ist er wirklich so unscheinbar? Wenn er die stolzen Garden nicht hätte, wäre er ein ganz gewöhnlicher Mensch.

Ein Soldat im Nachbarregiment ruft: »Hurra!« Jemand weiter weg schreit: »Vive l'Empereur!«

Mich juckt ein hinterhältiges Gänsehautkribbeln auf dem Rücken.

Das also ist der berühmte Franzosenkaiser! Vor dem ganz Europa zittert.

»Er wird sich am Stadttor mit dem Zaren treffen«, prophezeit der Major. »Der Zar wird kapitulieren und die Stadtoberen werden Napoleon die Schlüssel von Moskau übergeben. Auf einem goldenen Kissen selbstverständlich. Wie sich das gehört. Dann wird sofort Frieden sein.«

Mein Lieutenant ist gerührt.

Ich wusste es ja schon immer: Konrad Klara passt nicht in einen Krieg. In diesen schon gar nicht. Er hat ein zu weiches Herz.

»Euer Wohlgeboren Konrad Klara«, sage ich zu ihm, »jetzt können wir bald heimkehren! Das dauert bestimmt keine zwei Stunden mehr, dann ist der Krieg aus.«

»Lass das Wohlgeboren!«, schimpft Konrad Klara.

Ich freue mich. Wie noch nie in meinem Leben.

»Das wird ein Triumphzug!«, überlege ich laut. »Wenn wir siegreich in Stuttgart einziehen und unsere Allerhöchstdieselbe Majestät lässt uns vor dem Schloss vorbeiparadieren.«

Meine Gedanken gleiten ab. Ob der König immer noch so dick ist? Warum auch nicht? Er muss nie Hunger leiden. Und die Scheißerei kennt er sicherlich auch nicht. Vom Tümpelwasser mit schwimmenden roten Würmchen ganz zu schweigen.

Bei aller Freude über das Ende des Krieges werde ich auch ein wenig traurig. Mir fällt ein, dass dann mein Lieutenant irgendwohin geht und ich woanders. Wenn der Krieg vorbei ist. Fast schade!

Befehl von irgendeinem französischen Marschall: Das württembergische Regiment zieht nicht in Moskau ein. Es bleibt auf der Anhöhe am Rande eines Laubwäldchens in Gefechtsbereitschaft.

Ein vorbeikommender General sagt, dass wir den Franzosenkaiser vor Überraschungsangriffen absichern müssen. Oder lässt man unser Regiment erst dann nach Moskau hinein, wenn es total ausgeplündert ist? Vielleicht von Napoleon und seinen Garden selbst?

Unser Regiment biwakiert auf der Anhöhe. Angeblich hat uns sogar Marschall Ney auf diesen strategisch wichtigen Platz befohlen. Rundherum werden Wachen aufgestellt. Wer weiß denn, was die Russen trotz des anbrechenden Friedens für hinterlistige Pläne haben?

Da liegt das Regiment nun und sichert die Straße, die in die Stadt hineinführt. Die Reiter machen Biwak und entzünden Feuer, wärmen sich auf und schauen auf die Stadt hinunter.

Es passiert nichts.

Wo bleibt der Frieden? Er ist nicht zu sehen und zu hören. Alle Glocken müssten läuten, die Soldaten jubeln, die Kanonen den Triumph verkünden. Hörner hätten den Befehl zur Siegesparade zu blasen!

Nichts! Totenstille.

Langsam kommen die Zweifel. Die Ungewissheit nährt die abenteuerlichsten und verrücktesten Vermutungen. Wird der Zar Frieden schließen, nachdem seine Hauptstadt in der Hand Napoleons ist? Oder ist der Krieg doch noch nicht zu Ende? Vielleicht ziehen sich die Friedensverhandlungen in die Länge; Napoleon soll ja unersättlich sein. Er will immer alles. Einige alte Nörgler glauben nicht an einen Sieg. Ein Sieg schaue anders aus, unken sie. Und Russland ist überhaupt nicht zu besiegen. Das Land ist viel zu groß. Auch für einen Napoleon! Da übernimmt sich der Emporkömmling.

Die Stadt wird grau. Mit den letzten Sonnenstrahlen gehen die Farben verloren. Auch das Gold der Türme verblasst und verschwindet dann gänzlich in der Dämmerung.

Plötzlich zieht sich der Abendhimmel aus der Stadt zurück. Ein anderes Licht quillt von unten her. Feuer flackern aus Dächern, Rauch qualmt und wächst zu Wolken zusammen. Das letzte Tageslicht verwandelt sich rasend schnell in Flammenlicht. Die Holzhäuser mit den Strohdächern brennen. Eines entzündet sich am anderen. Oder legt ein Feuerteufel die Brände? Moskau beginnt plötzlich an allen Ecken und Enden zu brennen, auch auf der anderen Seite des Flusses, den man Moskwa nennt.

Vor Aufregung vergesse ich sekundenlang zu atmen. Stoßweise hole ich die fehlende Luft nach. Ein furchtbarer, großartiger Anblick! Welcher Mensch hat je schon so etwas gesehen? »Nero«!, sagt Konrad Klara. Aber den kenne ich nicht.

So viel Feuer auf einmal! Wie eine herabgefallene Sonne. Angst und Schrecken! Schade um die schöne

Stadt! Gott sei ihr gnädig! All die Reichtümer verbrennen!

Das Feuer legt sich schwer auf mein Gemüt. Gewiss geht es den anderen um mich herum auch so. Sie ahnen, nein, sie wissen es, der Frieden sieht anders aus. So jedenfalls nicht.

Der Oberst steigt auf sein Pferd. Er schaut gebannt auf das sich ausbreitende Flammenmeer. Ross und Reiter sind aufgeregt. Dann sprengt er davon. Der Major will ihm nachreiten, aber der Oberst verscheucht ihn.

Böse Ahnungen legen sich wie Eisenbänder um meine Brust. Auch Konrad Klara guckt verschreckt auf die lodernde Welt. Traurig und missmutig sagt er vor sich hin: »Da unten verbrennen Sieg und Frieden.«

Erst um Mitternacht kehrt der Herr Oberst zurück. Er sieht müde und erschöpft aus und stinkt nach Rauch und Ruß. Ohne große Erklärungen stellt er einen Trupp zusammen. Das Detachement, wie die Franzosen so was nennen, hat unter Führung eines Wachtmeisters Lebensmittel beizubringen.

»Schnell!«, befiehlt der Herr Oberst. »Solange noch Zeit ist! In den Kellern der brennenden und ausgebrannten Häuser liegen manche Warenlager«, instruiert er. »Sie werden schon nach und nach ausgeplündert. Wir dürfen nicht die Letzten sein.«

Der Wachtmeister muss sich mit seinem Trupp schleunigst auf den Weg machen.

»Und bring Er auch Schnaps mit!«, ruft der Oberst dem Kommando nach. »Damit wir das Elend ersäufen können! Unsere Zukunft wird furchtbar werden!«

Dann beordert er seine Offiziere zu sich. Das ganze Regiment ist neugierig und schart sich um ihn. Er schickt niemanden weg. Man soll ruhig hören, was er zu sagen hat.

»Meine Herren!«, bellt er in seiner arroganten Art. »Moskau ist ohne Russen. Nur noch Bettler, ein paar Betrunkene und streunende Hunde irren umher. Die Stadt verbrennt. Angeblich ist sie von den Russen selbst angezündet worden. Die Häuser und die großen Vorräte sind vernichtet, damit wir kein Winterquartier haben. Napoleon hat Ruinen erobert.«

Der Herr Oberst schluckt. »Meine Herren!«, fährt er fort. »Wenn wir nicht ganz schnell den Rückzug antreten, sind wir verloren. Vielleicht ist es sowieso schon zu spät. Hoffentlich erkennt Napoleon die verdammte Lage und handelt rasch.«

»Ob er in den sauren Apfel beißt?«, zweifelt der Major niedergeschlagen.

»Es bleibt ihm nichts anderes übrig«, sagt der alte Stabshauptmann. »Denn der Zar denkt bestimmt nicht daran, Frieden zu schließen, nachdem er seine Hauptstadt geopfert hat.«

Der Herr Oberst nickt gedankenverloren.

Der alte Stabshauptmann holt einen brunnentiefen Seufzer aus seinem Brustkasten.

Die Nacht ist gespenstisch und unruhig. Niemand schläft. Das ganze Regiment starrt gebannt auf die teuflische Zerstörung. Der Wind fährt in die Glut hinein und wirbelt sie auf die noch intakten Häuser. So steckt sich Haus um Haus an. Vom Nachbarn zum Nachbarn. Funkenbündel jagen in den Himmel, wenn ein Gebäude zusammenstürzt.

Ich kann nicht mehr auf die lodernde Stadt schauen. Meine Augen brennen wie das Feuer vor mir.

23

Vielleicht ist unser Regiment das einzige, das noch Befehle ausführt. Es hat neue Befehle bekommen. Demnach muss es nach Osten hinüber, in einen Vorort von Moskau einrücken und dort den Zugang zur Stadt sichern. Nur wen soll es aufhalten? Weit und breit sind keine feindlichen Russen zu sehen. Die sind alle aus der Stadt raus und nach Sibirien geflüchtet. Oder sammeln sie sich gleich hinter der Stadt?

Ohne Widerstand dringt der Rest der Grande Armée von allen Seiten nach Moskau hinein. In wilden Haufen. Es gibt fast keine Disziplin mehr, jede Ordnung ist aufgelöst. Die Soldaten sind zu Schatzsuchern und Plünderern geworden. Sie wollen rasch reich werden und so viel wie möglich mit nach Hause nehmen, damit sich der Krieg auch für sie ein bisschen rentiert. Vereinzelt stochern sie in den schwelenden und verkohlenden Balken umher und suchen nach Kellereingängen und versteckten Schatztruhen. Auf den Straßen liegen Kleider und Gebrauchsgegenstände. Die Marodeure waten in Mehl und Zucker und Schmalz und zerstören und verderben alles, was sie nicht brauchen können oder nicht tragen wollen. Lediglich Napoleons Leibgarden sind einigermaßen in Ordnung. Die mischen sich in die Vernichtungsorgie nicht ein. Unser Herr Oberst nörgelt, die Garden würden sich mit so Kleinkram nicht abgeben, die fänden Wertvolleres im Kreml und den Fürstenhäusern darum herum.

Im Dreck liegt etwas Glänzendes. Ich hebe es auf. So etwas Kostbares habe ich noch nie gesehen.

»Es ist der Halsschmuck einer Dame!«, sagt Konrad Klara, und dabei schaut er mich ganz eigenartig, fast ein wenig traurig an. Da lege ich das Glitzerding wieder auf die Straße zurück.

»Als Mann kann ich so etwas sowieso nicht um den Hals hängen.«

Konrad Klara lacht ein wenig. Er scheint beruhigt zu sein, dass ich den Schmuck nicht genommen habe.

»Der Krieg ist nichts Edles!«, seufzt er und hat wieder leicht angefeuchtete Augen. »Die Soldaten vergessen alle guten Sitten und werden zu Räubern!«, sagt er nachdenklich. »In der Not darf der Soldat Essen requirieren und Futter für die Pferde. Natürlich nur mit Bescheinigung. Auch wenn die nichts wert ist. Aber das geht in Ordnung. Weil der Krieg das zulässt. Alles andere ist Diebstahl oder Raub.«

Ich nicke zustimmend. Der Konrad Klara ist ein gescheiter Kerl.

Konrad Klara ist nicht habgierig. Ist er das nur, weil er zu Hause sowieso alles hat? Nein, das ist bestimmt nicht der Grund. Es gibt Menschen, die sind anders. Die halten immer die Lebensregeln ein und nehmen sich auch im Krieg nur so viel, wie sie gerade zum Leben brauchen. Nicht mehr!

Übrigens hätte ich nichts dagegen, wenn Konrad Klara wirklich mein Bruder wäre. Was natürlich völlig unmöglich ist! So unmöglich wie der Furz eines gewöhnlichen Soldaten vor dem Herrn General.

Fast ununterbrochen fahren leere Wagen und Karren in die Stadt hinein. Beute suchende Marodeure und Plünderer!

Das Wetter macht sich wieder. Die Nächte werden noch einmal wärmer. Die Reste des Regiments brauchen nicht zwischen den rauchenden und glimmenden Hausresten zu schlafen und beißenden Qualm in die Lunge zu atmen. In einem kleinen Garten zwischen Rosen und Krautköpfen habe ich aus herabgefallenen Dachblechen eine Hütte gebaut. Da ist die Luft besser.

Abwechselnd dürfen wir in die Stadt hinein, um nach Lebensmitteln zu suchen. Es gibt keine organisierte Verpflegung mehr. Jeder muss sich selbst ernähren. Ich sorge auch für Konrad Klara. Und Konrad Klara sorgt für mich. Er tut sich allerdings sehr schwer dabei. Normalerweise lebt er in einer anderen Welt. Letzte Nacht hat er mir erzählt, dass er gerade siebzehn geworden ist. Also ist er nur ein paar Monate älter als ich. In diesem Alter gehört man noch in keinen Krieg! Es findet sich immer so viel Futterage, dass es für uns beide und die genügsamen Kosakenpferdchen reicht. Ab und zu graben wir in einem Vorratskeller etwas besonders Leckeres aus. Dann freuen wir uns gemeinsam und speisen wie die Fürsten.

Der Herr Oberst zeigt sich gelegentlich echauffiert, dass der Lieutenant immer mit diesem Korporal Bayh zusammensteckt, anstatt standesgemäß in Offizierskreisen zu verkehren. Wo er doch einen gräflichen Stammbaum bis zu einem Raubritter zurück hat. Der Herr Oberst rügt ihn deswegen öfter. Auch wenn der Lieutenant gerade kein Kommando habe, so müsse er trotzdem den notwendigen Abstand zu den unteren Chargen wahren.

Der junge Graf lächelte nur, und er fragt seinen Onkel, den Herrn Oberst, freundlich, was denn an dem Korporal Bayh auszusetzen wäre.

So ist der Konrad Klara eben. Er ist nicht mehr so arrogant wie die anderen Offiziere.

Auch deswegen muss man ihn mögen.

Die brennenden und verbrannten Straßenzüge sind zwar kaputt, aber nicht tot. Zuerst meine ich, dass doch etliche Moskauer in der Stadt geblieben sind. Bald merke ich aber, dass es ganz anders ist. Franzosen und Italiener und Portugiesen und Westfalen und Preußen und Polen und Württemberger und eben alle Völkerschaften aus Napoleons Armee machen Geschäfte auf und preisen in ihren Sprachen geplünderte und gestohlene Waren zum Kauf oder zum Tausch an. Soldaten sind über Nacht zu Händlern geworden. Die meisten haben sich neu eingekleidet. Manche stolzieren in Samt und Seide einher und führen sich wie Fürsten oder Barone auf.

Alles zusammengestohlen!

Nur die um den Kreml herumreitenden Patrouillen der kaiserlichen Garden tragen ihre stolzen Uniformen mit den Bärenmützen. Auswärts fahrende, voll beladene Droschken, Wagen und Chaisen aller Art verstopfen mit den einwärts fahrenden leeren Fahrzeugen die früheren Geschäftsstraßen.

Die Grande Armée lebt gut in Moskau. Über Nacht sind viele Soldaten stinkreich geworden. Wenigstens einige Tage lang.

Hungern braucht niemand. Gartengemüse gibt es reichlich. Um die Stadt herum reiht sich Feld an Feld, mit riesigen Rüben und Krautköpfen. In den Ruinen backen Soldaten Brot und verkaufen es zum zehn- oder zwanzigfachen Preis.

Ich kaufe nichts, Konrad auch nicht. Wir haben kein Geld, weil wir ja an dem See bei Borodino bis auf die Haut ausgeraubt worden sind. Keinen einzigen Kreuzer haben wir. Trotzdem leben wir nicht wie Hungerleider. Unter den Haustrümmern liegen noch genügend unentdeckte Keller mit Vorräten an Lebensmitteln. Und wenn ich mal gar nichts entdecke, dann bestehle ich die württembergischen und französischen und österreichischen und sächsischen Händler. Da finde ich nichts Schlechtes daran. Die Soldaten, die plötzlich zu reichen Händlern geworden sind, haben das Zeug ja vorher auch gestohlen.

24

Nach drei Wochen muss unser Regiment aus der Stadt hinaus. Zur Sicherung, heißt es. Wieder einmal. Was gibt es denn zu sichern? Napoleon, der im Kreml residiert und auf ein Friedensangebot wartet? Wartet und wartet! Immer noch wartet! Wie lange noch? Bis es zu spät ist! Also, besonders gescheit scheint dieser Napoleon nicht zu sein.

Drinnen in Moskau leben die Soldaten wie die Maden im Speck. Sie fressen sich zum Kotzen voll, während wir draußen vor der Stadt Rüben nagen und davon geschwollene Wasserbäuche bekommen.

Das Leben ändert sich im Krieg oft von heute auf morgen. Je nachdem! Einmal ist es so, dann wieder so und wenn man es genau nimmt, ist das Leben im Krieg so gut wie immer beschissen.

Nach drei Wochen darf das Regiment doch wieder an den Stadtrand zurück. Dort war angeblich einmal die deutsche Vorstadt von Moskau, ein reiches Viertel.

Die Nächte werden wieder kalt. Konrad Klara entdeckt den verschütteten Zugang zu einem großen Keller. Darin richten wir uns wohnlich ein. Der Unterschlupf ist warm und trocken und er birgt nebenbei reichlich Vorräte. In einer Truhe liegen zwei weiche Pelzmäntel und etliche Pistolen. Konrad Klara erklärt, dass das Duellpistolen sind. Damit bringen sich die russischen Offiziere oder Fürsten um, wenn einer den anderen im Suff anrempelt oder ihm die Frau wegnimmt. In solchen Fällen beleidigt man sich in der Öffentlichkeit, was unweigerlich zum Duell führt. Im Morgengrauen erschießen sich dann die Fürsten und Offiziere einseitig oder gegenseitig. Alles wegen der Ehre! Das gehört sich so, erzählt der Konrad Klara. In Preußen machen sie es auch. Seltener bei uns zu Hause.

Da bin ich richtig froh, dass ich kein Fürst bin und deshalb keine so große Ehre habe. So beleidigt mich niemand und ich brauche daher auch nicht im Duell erschossen werden.

Die Pelze sind ganz sauber. Sie können unbeschwert angezogen werden. Diebstahl? Konrad tut sich schwer. Ja und nein! Aber dann lässt er sich von mir überzeugen, dass wir ja etwas Warmes zum Anziehen brauchen. Jeden Tag kann der Winter mit Eis und Schnee hereinbrechen. Mit den Pelzen werden wir die größte Kälte überstehen. Sie sind warm und tragen sich recht angenehm. Sie haben weder Läuse noch Flöhe und riechen erträglich. So ein lausfreier Pelz ist in Russland eine große Seltenheit. Zu anderen Pelzträgern wahren wir einen größeren Abstand. Wir wollen nicht, dass deren Bewohner zu uns überlaufen.

Der Oberst, der Major und die zwei Stabshauptleute sind meistens besoffen. Sie ertränken ihren Groll gegen Napoleon und seine Marschälle in russischem Schnaps. Das Zeug heißt Wodka und brennt von oben bis unten wie Feuer. Mein Lieutenant macht nicht mit. Er bleibt lieber bei mir, auch wenn ich einmal sein Diener war. So sehr hat er sich an mich gewöhnt. Wir haben ja schließlich schon einiges zusammen erlebt. In letzter Zeit unterhalten wir uns gerne. Wir liegen mit unseren Ansichten nicht weit auseinander. Bis auf die Landwirtschaft. Davon versteht er überhaupt nichts. Dabei hat er zu Hause einen Hof, der so groß ist, dass man nicht vom einen Ende an das andere sieht.

In einer unruhigen Nacht verwickelt er mich in einen längeren Diskurs. Wie gesagt, das tut er in letzter Zeit öfter mal.

Er erzählt von sich und seiner Welt zu Hause, vom Vater, den Brüdern und Schwestern und vor allem von seiner Mutter. Die muss ein wunderschönes und liebes Wesen sein. Alles dreht sich um sie. Es gibt nichts Vergleichbares auf der Welt. Warum erzählt er mir das alles mit einer kindlichen Sehnsucht in der Stimme, dass ich fast traurig werde? Natürlich gönne ich ihm die wunderbare Mutter, aber ein wenig neidisch bin ich schon. Wahrscheinlich liest Konrad Klara dann doch die Traurigkeit in meinem Gesicht. Er schaut mich eine Weile an und fragt plötzlich nach meiner Mutter.

»Da kann ich nicht mitreden«, sage ich so trocken wie möglich. »Weil ich außer bei der Geburt noch nie eine hatte.«

»Ach je!«, seufzt Konrad Klara. »Das ist ja mehr als traurig. Und dein Vater?«

»Habe ich auch nicht. Den hat vor elf Jahren ein Baum erschlagen, beim Holzfällen.«

»Dann hast du ja gar niemanden?«

»Doch, einen Bauern! Aber der ist manchmal unheimlich.« Und weil Konrad Klara mehr von dem Bauern wissen will, erzähle ich ihm, auf welche eigenartige Weise ich mit sechzehn Jahren Soldat geworden bin.

»Das ist ja eine Riesensauerei!«, ereifert sich Konrad Klara.

»Ich weiß nicht recht«, schwäche ich ab.

Konrad Klara runzelt die Stirn. Er denkt lange nach. »Dein Bauer ist wahrscheinlich ein Schwein. Und wenn mich nicht alles täuscht, hat er dich ganz elendig betrogen. Er hat dich statt seines Sohnes zum Militär genötigt!«

»Nein! Nein! Das ist völliger Unsinn. So hinterhältig und gemein ist mein Bauer nicht.«

Zwar hat sich bei mir schon vor längerer Zeit auch so ein Verdacht eingeschlichen. Zuerst zaghaft und tastend, dann ist er wie ein boshafter Kobold zwischen Kopf und

Seele umhergehüpft, aber ich habe den hässlichen Gedanken immer weggeschoben.

Konrad Klara beißt sich an der Gemeinheit fest. Er denkt immer noch weiter. »Bestimmt ist dein Bauer ein Riesenschwein, ein Teufel.« Er wird richtig zornig. »Diesem Halunken muss man das Handwerk legen. Wenn wir gut nach Hause kommen, dann gnade ihm Gott!«

Langsam fange ich an meinen Bauern zu hassen.

25

Es ist mitten in der vierten Moskauer Woche. Eine schwere Kalesche mit einem fürstlichen Wappen fährt direkt an mir vorbei. Am offenen Fenster lehnt ein vornehmer Herr. Neugierig guckt der nach vorne. Nein! Das ist kein vornehmer Herr! Wie ein kalter Blitz sticht mich ein spitzer Schrecken durch die Brust. Trotz seiner fürstlichen Bekleidung erkenne ich den Insassen recht deutlich. Er ist niemand anderer als der Wachtmeister Krauter. Und noch etwas fällt mir unübersehbar auf. Die Kutsche ziehen zwei edle Araber, die von meinem Lieutenant. Welch ein Frevel! Araber als Kutschpferde! Der Krauter ist also der Räuber an dem See bei Borodino gewesen. Verflucht noch mal! »Der Teufel soll ihn holen!« Der Krauter war der hinterhältige Dieb! Der Halunke hat demnach auch unser Geld gestohlen.

Ich will ihm nacheilen. Aber seine, nein Konrads Araber sind natürlich schneller. Ob er mich erkannt hat?

In meinem Kopf stochern Zorn und Rachegefühle herum.

Konrad Klara will das mit dem Krauter zuerst gar nicht glauben.

»Du träumst!«, sagt er nachsichtig.

Trotzdem sucht er in den nächsten Tagen mit mir das ganze Viertel ab. Von den Arabern und dem Schurken finden wir keine Spur. Der Halunke muss einen guten Unterschlupf haben. Manchmal kommen mir ganz verrückte Gedanken. Der Krauter ist gar kein Wachtmeister, spintisiere ich. Er ist auch kein normaler Mensch, vielleicht ist er der Leibhaftige selbst.

26

Der Lieutenant wird zum Regimentskommandeur geholt. Nein, ein Kommando bekommt er nicht. Es gibt ja fast keine Reiter und Pferde mehr. Wen oder was sollte denn der Lieutenant noch kommandieren, wenn zum Kommandieren nichts mehr da ist außer ihm selbst und mir?

Der Lieutenant bringt Neuigkeiten mit.

Sonderbare Gerüchte wehen durch die Große Armee. Hin und zurück. Und ständig verändern sie sich. Das eine Gerücht besagt, dass der Zar den Frieden will, aber Napoleon ihn ablehnt. Ein anderes Gerücht beinhaltet das glatte Gegenteil. Napoleon wartet auf die russische Kapitulation, jedoch der Zar denkt nicht daran.

Die Grande Armée wird ungeduldig. Die meisten Soldaten wollen siegen, einigen ist es egal, wer siegt, wenn es nur rechtzeitig nach Hause geht, bevor das fremde, unheimliche Land alle auffrisst.

Der Lieutenant berichtet auch, was der Herr Oberst über die Gerüchte denkt. Napoleon bebe vor Zorn. Er wartet immer noch ungeduldig darauf, dass der Zar endlich kapituliert. Das muss er! Schließlich ist seine Hauptstadt besetzt. Und es ist doch gegen alle Regeln der Kriegführung, wenn er es nicht tut. Der Herr Oberst weiß auch von französischen Kundschaftern, die von einer aus dem Süden herannahenden großen russischen Armee berichten. »Blitz! Donner!«, hat der Herr Oberst angeblich gesagt. »Gnade uns Gott! Wenn wir uns nicht rechtzeitig zurückziehen, ist es aus mit uns.« Dann hat er ärgerlich gegrunzt: »Es gibt ja keine Grande Armée mehr, die sich auf eine Schlacht einlassen könnte. Und obendrein ist der gnadenlose russische Winter im Anmarsch. Der kommt ganz bestimmt, so gewiss wie nur noch mickrige Äpfel aus den Pferden fallen.« Stirnrunzelnd hat der Herr Oberst weiter berichtet: »Und der Winter bringt neben großer Kälte so viel Schnee, dass der Mensch glatt erdrückt wird, wenn er nicht rechtzeitig irgendwo Unterschlupf findet. Überraschend schnell fliegt der Winter manchmal heran. Von einem Tag auf den anderen.« So hat der Herr Oberst angeblich räsoniert, erzählt der Lieutenant. Der Herr Oberst kenne sich da recht gut aus. Er wäre ja als junger Hauptmann einige russische Sommer und Winter lang im Dienst des Zaren gestanden. Und er wisse deshalb, wie der russische Winter aussieht. Zum Schluss hat der Herr Oberst vor sich hin gemurmelt: »Vielleicht ist Napoleon schon wahnsinnig geworden? Wenn er schon keinen Frieden zustande bringt, dann sollte er so rasch wie möglich umkehren. Auf was wartet er denn noch? Auf seinen und unseren Untergang?«

So oder ähnlich denkt auch Konrad Klara und mir

bleibt nichts anderes übrig, als es auch so zu sehen. Auf was warten wir noch in dem unwirtlichen Land?

Die Tage werden kälter. Der Schnee liegt dick in der Luft, in schwere Wolken verpackt. Wehe, wenn er herunterfällt! Noch bleibt er oben hängen. Aber er ist schon zu riechen.

27

Napoleon ist plötzlich aufgetaucht. Er ruft seine Grande Armée zusammen. Mit den letzten Pauken und Trompeten hält er vor den Toren Moskaus Heerschau. Unbeweglich und ohne die kleinste Regung besichtigt er die kärglichen Reste. Und immer noch gibt es einige Soldaten und Offiziere, die an seinen Sieg glauben.

»Vive l'Empereur!«, rufen sie ihm ehrerbietig und begeistert zu.

Noch am selben Tag ordnet Napoleon den Rückzug an.

Angeblich ist es der achtzehnte Oktober.

»Blitz! Donner! Viel zu spät!«, wettert der Herr Oberst, und seine Offiziere pflichten ihm bei.

Am anderen Tag, pünktlich um drei Uhr morgens, rücken die Reste der ehemals so stolzen Grande Armée ab. Bis zur Unkenntlichkeit verstümmelte Regimenter flüchten auf den zermarterten Straßen zurück. Um Moskau herum liegen noch verwesende Helden des Vormarsches. Niemand hat sich die Zeit genommen, die zerschossenen Leiber in die Erde zu legen.

Schnell! Schnell! Nach Hause! Bevor die Russen die Wege zumachen und bevor der Winter kommt.

Auch unser Regiment zieht sich mit den anderen zurück. Irgendein Marschall Napoleons gibt Befehle. Das Regiment hat den Rückzug der Grande Armée vor den nachrückenden Russen zu sichern. So liegen vor uns die verstopften Straßen und links und rechts ein leer gefegtes, verödetes, ausgehungertes Land, hinter uns Schwärme von Kosaken und manchmal auch bewaffnete Bauern.

Aber es geht in Richtung Heimat.

Ob wir die Heimat je erreichen werden?

Der Aufbruch ist trüb und bedrückend. Sieg und Frieden sind vertan. Alles ist feindlich, Mensch und Land.

Ein langer Weg liegt vor uns Übriggebliebenen. Es gibt keine Illusionen mehr. Jeder kennt den Weg und jeder hat eine Vorstellung, wie weit die Heimat weg ist. Der Vormarsch ist noch in Erinnerung. Er war hart und verlustreich. Die Hälfte der Großen Armee ist nicht in Schlachten, sondern auf dem Anmarsch am Straßenrand gestorben. Wie mag erst der Rückzug sein und enden? Die Kräfte sind verbraucht. Zuversicht und Siegeswillen liegen in Moskau begraben. Spätestens dort.

Und der Feind wird immer stärker und selbstbewusster. Er hat jeglichen Respekt vor Napoleon und dessen desolater Truppe verloren.

Aber Napoleon befiehlt immer noch: »Alles ist zu zerstören, was aufrecht steht. Die Nahrungsmittel für Mensch und Pferd sind zu vernichten! Dem Feind darf nichts in die Hände fallen!«

Und so fließen Branntwein, Bier und all die guten Sachen in den Dreck der Straßen und vermischen sich mit Mehl und Schmalz und Hafer. Was da plötzlich alles umherliegt! Und ganze Regimenter haben vorher hungern müssen. Angeblich ist auf Befehl Napoleons auch der Kreml, der Zarensitz, in die Luft gesprengt worden.

Ein anderer Befehl Napoleons ist für die Regimentskommandeure bestimmt. Der Rückzug hat sich nach Süden hin zu bewegen. Dort liegen noch friedliche Landstriche und die bieten genügend Nahrung für Mensch und Pferd. Und möglicherweise sind sie auch ein sicheres Winterquartier.

Der Herr Oberst wird nervös. »Blitz! Donner! Nach Süden? Schön wär's!«

Aber im Süden donnern Kanonen. Ein Kurier prescht heran. Dort im Süden liegen starke russische Truppenverbände. Kutusow selbst, der sture russische Oberbefehlshaber, führt sie an. Er versperrt den Resten der Grande Armée die Wege in die unberührten südlichen Regionen. An eine Schlacht mit dem starken Feind ist nicht mehr zu denken. Kutusow zwingt Napoleon auf den Weg zurück, den er gekommen ist. Und der ist verwüstet und leer gefressen. Da gibt es keine Nahrung mehr für Mensch und Tier, keine Unterkunft, keinen Schutz vor Kälte. Nur verkohlte Städte und Dörfer und verwesende Leichen und Pferdekadaver liegen an den Rückzugsstraßen.

Hunger und Durst begleiten das geschlagene Heer.

Konrad Klara findet in einem hinter Büschen versteckten Bauerngärtlein ein Beet mit Zwiebeln und roten Rüben. Besser als nichts!

Befehl von einem General: »Alle Pferde sind abzugeben! Die letzten zwei Haubitzen brauchen Zugpferde!«

Wir gehen wieder einmal zu Fuß. Schritt für Schritt. Wir legen alles ab, was wir nicht unbedingt brauchen. Nur kein unnötiges Gewicht mitschleppen! Auch der Pelz ist hinderlich. Er zieht den schwachen, hungrigen Körper nach unten. Und wenn die große Kälte kommt, von der alle sprechen? Dann rettet der Pelz vielleicht das Leben? Also behalten wir die Last und schleppen sie mit uns weiter.

Droschken überholen uns, voll beladen mit Tand und Kram und allem, was das Herz begehrt oder die Habgier befiehlt oder Reichtum verspricht.

Eine Chaise mit fürstlichem Wappen fährt vorbei. Das ist doch das Gefährt, in dem der Wachtmeister Krauter durch Moskau gefahren ist. In mir kreiselt der Schrecken. Und auch Konrad Klara beginnt zu zittern. Er erkennt seine edlen Araber. »Halt!«, ruf er. »Haltet den Betrüger! Der hat meine Pferde gestohlen.« Aber kaum jemand achtet darauf. Ein paar Soldaten in der Nähe sehen abfällig auf den portugiesischen Lieutenant, der deutsch spricht. In sächsischem Dialekt sagt einer zu ihm: »Kannst wohl nicht mehr laufen? Aber wenn du auf Pferde scharf bist, dann musst du dir was Besseres einfallen lassen. Den Trick haben schon zu viele versucht.« Eine Weile laufe ich hinter der Droschke her. Beinahe habe ich sie eingeholt. Ich brauche nur auf das Trittbrett zu springen.

»Du Schuft!«, rufe ich dem Mann auf dem Kutschbock zu. Der greift zur Peitsche und versetzt mir einen Hieb über das Gesicht. Der Wachtmeister guckt aus dem Fenster. Ein neugieriger Weiberkopf legt sich ihm auf die Schulter. »He!«, schreit der Krauter zum Kutscher nach oben. »Läuft da nicht unser Trainsoldat?«

»Ja!«, flucht der von oben herab. »Das ist der Tölpel aus meinem Bauerndorf!«

Ich stolpere und falle. Die nachfolgenden Marschierer treten auf mich. Zum Glück ist Konrad Klara da, reißt mich hoch und zieht mich in den fließenden Flüchtlingsstrom hinein. Die Droschke ist unerreichbar geworden. Andere Fuhrwerke mit vornehmen Menschen rollen vorbei. Die kommen wahrscheinlich direkt aus Moskau. Voll beladen mit allem, was der Mensch zum Leben braucht oder ihn reich machen soll.

»Gebt uns eine Stück Brot!«, betteln müde Soldaten. Aber kein unnötiger Blick würdigt die vom Krieg verdorbenen, einstmals so stolzen Krieger. Die vornehmen Fahrzeuge ziehen schnell vorbei.

Ein ganzer Tross von Bagage folgt.

»Gebt uns was!« Die Worte bleiben unerhört.

Auf der Straße liegt ein umgestürztes Fass. Tausende Kopekenstücke stecken im Dreck. Welch ein Reichtum! Aber niemand will sie haben. Wenn es Brot wäre! Was kann man mit dem Klimpergeld anfangen? Es gibt nichts zu kaufen und die Münzen sind nur schwer, sie behindern die Flucht.

Der Winter kündigt sich an. Zuerst ist es nur kalter Regen. Pausenlos fällt er herunter. Knietiefer Morast vermatscht alle Wege. Die Armee bleibt im Dreck stecken. Die Füße kleben auf der Straße. Droschken und Bagagewagen liegen bewegungsunfähig und ausgeplündert daneben. Sie sind zu nichts mehr nütze. Die Räder haben keine Chance, das zähe Mus zu durchschneiden.

Nur ein gewaltiger Frost kann den Schlamm besiegen und wieder begeh- und befahrbare Straßen machen. Wäre er das kleinere Übel? Wir sehnen die gefürchtete Kälte herbei.

Immer wieder sprengen Kosaken und Baschkiren und weiß der Kuckuck, was für Russen es noch sind, seitlich heran, hauen ein und stechen zu und verschwinden wieder. Wer von der Grande Armée dem Schlamm auszuweichen trachtet, ist verloren.

Wie weit ist es noch bis Smolensk? Und wie weit in die Heimat? In Smolensk soll es richtige Verpflegung geben. Riesige Magazine voll! Ob das wahr ist? Man darf den vielen Parolen nicht mehr trauen. Zu oft ist man schon beschissen worden.

28

An einem der letzten Oktobertage ist er plötzlich da, der herbeigesehnte und doch so gefürchtete Frost. Über Nacht hat ein eisiger Ostwind den Matsch gefroren. Fast gleichzeitig sind die dicken schwarzen Wolken heruntergefallen.

Jetzt ist es gut, dass wir unsere Pelze behalten haben. Die erste kalte Schneenacht müssen wir im Freien kampieren. Es gibt weit und breit nur eine einzige Bretterbude. Die ist bis zum letzten Zoll belegt. Sogar übereinander liegen die Männer.

»Lasst uns hinein!«

»Was habt ihr zu bieten? Essen? Wodka? Nichts? Dann haben wir keinen Platz! Ihr seht ja selbst!«

Neben der Straße legen wir einen Pelz in den Schnee, mit dem anderen decken wir uns zu. Wir atmen unsere eigene Wärme in die Kuhle hinein. Noch immer fällt Schnee. Er bedeckt, verpackt und wärmt. So überstehen wir die halbe Nacht. Irgendwer zerrt an dem oberen Pelz. Ich werde rechtzeitig wach und verscheuche den Dieb. An Schlaf ist nicht mehr zu denken. Nebenan liegt ein Halbnackter. Er rührt sich nicht mehr. Erfroren. Hat man ihn vorher ausgezogen oder ist er erst als Toter seiner Kleider beraubt worden?

Konrad Klara weint still vor sich hin. Die Tränen gefrieren gleich neben der Nase an.

»Komm! Konrad Klara! Wir müssen weiter!«

»Und unser Regiment?«

»Ich sehe niemanden. Wahrscheinlich gibt es das Regiment gar nicht mehr.«

Die Straße ist noch fast leer. Aus Moskau kommt nichts mehr nach. Entweder schlafen die Flüchtlinge unter dem Schnee oder sie sind schon erfroren. Im Dämmerlicht sieht Konrad Klara einen Jungen in schütterer französischer Uniform an einer Birke lehnen.

»He! Du! Du wirst erfrieren!«

Der Junge rührt sich nicht. Er ist sicherlich vor Erschöpfung eingeschlafen. Ich stapfe hin und will ihn wachrütteln. Das geht nicht mehr. Der Junge ist steif wie ein Holzbalken. Konrad Klara wischt über seine Augen. Ist mein Mitleid schon eingefroren? Es meldet sich nur noch ganz schwach.

Die Tage werden undurchsichtig, die Nächte klar und eiskalt. Am Straßenrand stecken Kanonen im Schnee. Sie sind nicht mehr weitergekommen. Man hat sie vernagelt. Es gibt keine Kommandos und keine Ordnung mehr. Wer plagt sich noch mit Kanonen? Jeder will nur sein Leben retten. Gewehre fliegen in den Schnee. Ein dürrer Ast, ein halb verbrannter Balken, ein Büschel Stroh sind wichtiger. Sie bieten die Chance, in der Nacht an ein Feuer zu kommen. Ein Feuer, das vor dem Erfrierungstod bewahrt!

Wir müssen doch wohl so was wie einen Schutzengel haben, der Konrad Klara und ich. Durch das Schneetreiben sehen wir ein wenig abseits einen dunklen Fleck. Ein Schuppen? Oder noch Besseres? Wir sollten nachsehen! Schon einen Tag lang haben die Kosaken nicht mehr angegriffen. Das Risiko ist also nicht groß. Wir verlassen die Straße und plagen uns durch den lockeren Schnee. Bis zur Brust waten wir darin. Ein Bagagewagen ist es. Der Wind hat den Kutschbock freigeweht. Das ist die dunkle Stelle, die wir aus der Ferne gesehen haben. Mit den Händen schaufeln wir uns weiter in den Wagen hinein. Was für ein Wunder! Gefrorenes Brot und starres Schmalz liegen darin. Hoffentlich hat uns niemand gesehen. So ein Besitz kann lebensgefährlich werden.

Wir haben wieder zu essen. Das Zeug verstecken wir unter dem Pelz.

Nachts gehen wir ein paar Schritte von der Straße weg, schaufeln eine Kuhle in den Schnee und vergraben uns darin in unsere Pelze. Ein Pelz darunter, einer darüber, noch etwas Schnee darauf. Die eigene Wärme bleibt darin.

Junge, etwa sechzehnjährige Soldaten aus dem Elsass kommen uns entgegen. Napoleons letztes Aufgebot. Sie sind frisch eingetroffen und übernehmen die Nachhut. Sie wollen unbedingt kämpfen. Ihnen ist nicht zu helfen. Wie lange sie noch leben?

Der Schnee lässt nach, aber die Kälte nimmt zu.

»Ich werde nicht nach Hause kommen!«, seufzt Konrad Klara vor sich hin.

»Wie kommst du denn auf solch einen Unsinn?«

»Halt so!«

»Spuck's aus! Tut dir was weh?«

»Nein! Eigentlich nicht! Aber ich habe heute Nacht die schwarzen Schmetterlinge gesehen.«

»Was hast du gesehen? Schwarze Schmetterlinge? Mitten im Winter? Und bei der Kälte?«

»Natürlich nicht direkt. Nur im Schlaf. Der Wachtmeister Krauter war auch dabei.«

»Ach so! Was meinst du, was ich so alles zusammenträume? Lauter Unsinn. Die Schmetterlinge waren bestimmt braun. Du hast nur die Farben nicht richtig gesehen. Und der Krauter, der Halunke, der kann uns gar nichts anhaben, solange wir zusammenhalten. Da sind wir stärker als er. Denken wir nicht mehr an ihn.«

Konrad Klara bekommt hellere Augen.

»Du hast Recht!«, sagt er ein wenig beruhigt. »Uns kann gar nichts passieren! Das Glück mag uns beide. Und wir kommen auch miteinander nach Hause.«

Sogar die Sonne kommt heraus. Sie schafft es allerdings nicht, die kalte Luft zu erwärmen. Der Atem gefriert gleich an der Nase. Die folgende Nacht wird die kälteste. Wir haben an einem Waldrand unsere Schlafstätte tief in den Schnee hineingegraben. Ein paar Zweige darunter und darüber halten die Körperwärme in der Kuhle fest. In dieser Nacht erfrieren tausende.

Smolensk ist eine große Enttäuschung. Es gibt nichts mehr zu essen. Die kaiserlichen Garden haben die Magazine geleert. Wie die Maden im Speck haben sie gelebt, sind zum Platzen gesättigt und ziehen mit Napoleon, ihrem Kaiser, davon in Richtung Heimat, heißt es. Gerücht oder Wahrheit.

Der Zorn der nachfolgenden Truppen ist unbeschreiblich.

Konrad Klara heult wieder einmal. Diesmal aus Wut.

29

Die Reste der geschlagenen Grande Armée waten Tag für Tag durch den russischen Winter. Es ist ein ganz besonders hässlicher später Novembertag. Kanonen donnern vorne und hinten und seitlich der Heerstraße. Auch Gewehrfeuer klackert in unmittelbarer Nähe. Schritt auf Schritt schlurfen die Männer auf den tausendfachen Spuren im Schnee.

Um die Mittagszeit staut sich plötzlich die Menschenmenge. Sie läuft irgendwo unter Fluchen auf. Dort ist die Schneefläche zerstört. Löcher von Kanonenkugeln haben den Schnee zerrissen. Tote liegen zwischen kaputten Bagagewagen. Kein Mensch kümmert sich um sie. Wahrscheinlich ein überraschender Artillerie- und Kosakenüberfall. Vier todwunde Pferde zucken ihr Leben aus. Männer hocken darum herum und zerschneiden die dampfenden Leiber. Andere reißen Holzteile und Räder und alles Brennbare von den Wagen und füttern ein Feuer damit.

Wir setzen uns dazu und helfen mit. Niemand hat etwas dagegen. Es gibt ja genügend Fleisch, vier ganze Pferde. Das kann für viele reichen. Nicht lange! Nachfolgende Soldaten bleiben stehen. Der Duft zieht sie an. Da gibt es etwas zu essen! Immer mehr Hungrige gruppieren sich um das Feuer. Sie langen nach den Happen in die Glut. Die vorne Sitzenden werden umgestoßen. Schimpfen und Schreien.

Ich ziehe Konrad Klara vom Feuer weg, greife noch schnell in die Glut, hole zwei Fleischstücke heraus und stopfe sie unter den Pelz. Ein paar Rempler links und rechts, dann sind wir dem Gedränge entwischt. Wir wandern weiter und finden bald ein ruhigeres Plätzchen. Dort verschlingen wir die immer noch warmen Brocken Pferdefleisch. Ein Stück Kraft kehrt in unsere ausgemergelten Körper zurück.

Kurz darauf sehen wir das grauenvolle Ende des Schönbronner Schustersohnes Hanselmann. Das ist der Kanonier, der immer mit dem Wachtmeister Krauter gekumpelt hat. Er liegt in einem dunkelroten Schnee. Eine Kanonenkugel hat ihm die untere Hälfte weggerissen. Gegen solch ein Trumm Totschläger hat er nicht die geringste Chance! Da braucht der Chirurgus nichts mehr reparieren. Ich bin traurig. Auch wenn der Hanselmann erst vor ein paar Tagen mit der Peitsche nach mir geschlagen hat. So eine große Kanonenkugel hätte es nicht sein müssen. Der Wachtmeister liegt nicht dabei. Anscheinend ist er wieder einmal davongekommen.

Gegen Abend desselben Tages zwängt sich ein Schlitten mit Peitschengeknalle und lauten Rufen durch die zurückflutenden, dahinschlurfenden Menschen. Vier in Pelze verpackte Männer sitzen darin.

»He! Du!«, ruft einer von ihnen und der Schlitten bremst. »Blitz! Donner! Bist du nicht der junge Graf Lämmersdorf?«

Konrad Klara wird munter. Blitz? Donner? Das sagt doch immer sein Onkel, der Oberst. O Schreck, o Freude! Also gibt es den Oberst noch.

»Steig ein!«, befiehlt der ohne viel Drumrum, und das Pelzbündel neben sich fragt er: »Eure Exzellenz haben doch nichts dagegen, dass wir meinen Neffen mitnehmen? Wenn wir zusammenrücken, langt der Platz.«

Ein Prachtmensch, dieser Onkel. Welche Wendung! So schnell kann sich alles ändern. Von einer Sekunde auf die andere. Das ist gut für Konrad Klara und mich. Plötzlich liegt wieder mehr Zukunft vor uns. Das Getippel im Schnee hat ein Ende. Wir können Kraft sparen. Bestimmt haben die Herren für Konrad Klara und mich auch was zu essen. Und der Schlitten ist vielfach schneller als unsere hundemüden Beine. Die Heimat liegt auf einmal viel näher.

Freudig springt der Lieutenant auf den Schlitten und zwängt sich neben seinen Onkel auf den Sitz.

»Adam Eva! Komm! Spring auf!«

»Halt!«, fährt da der Onkel dazwischen. »So viel Platz haben wir nicht!«

»Der Adam Eva kann sich auf mich setzen oder umgekehrt!«, bettelt Konrad Klara.

»Blitz! Donner! Wer ist er, dieser Adam Eva? Auch ein junger Lieutenant?«

»Nein! Onkel! Der Korporal! Ihr wisst doch, mein früherer Diener.«

»Das geht natürlich nicht. Diener können wir nicht

mitnehmen. Du kommst allein mit! Nur du! Sonst niemand!«

Die Menschenmenge auf der Straße drückt und drängelt. Ich werde von ihr erfasst und am Schlitten vorbeigeschoben. Mir ist sterbenselend, mein Kopf ist völlig leer, und ich kann gar nichts denken.

Die Exzellenz im Schlitten befiehlt ungehalten: »Weiter!«

Die Pferde ziehen an. Peitschenknalle und Rufe verschaffen dem Gefährt eine Gasse.

Da springt Konrad Klara wieder ab.

»Nicht ohne ihn!«, sagt er zum Oberst, winkt ihm noch einmal zu und schlurft neben mir weiter auf der schneebedeckten Heerstraße.

»Blitz! Donner!«, ruft der Oberst seinem Neffen zurück. Was er sonst noch sagt, verschwindet als Genuschel in seinem Pelz.

In meinem Kopf kullern Gedankenknäuel hin und zurück. Was soll ich dazu sagen? Konrad Klara hat die bequeme Rettung ausgeschlagen. Nur meinetwegen. Ich wische mir mehrmals über die Nase. Das ist auch notwendig, denn die verdammt bissige Abendkälte gefriert alles Wässerige sogleich zu Eis.

30

Sobald ein Pferd stürzt, fallen die Soldaten darüber her, raufen und schlagen sich darum und schneiden Stück um Stück ab. Viel Fleisch ist meistens nicht mehr dran. Die Tiere bestehen nur noch aus Haut und Knochen. Aber das ist ja auch was. Es ist jedenfalls mehr als nichts.

Wie weit ist es noch in die Heimat?

Aber wir haben Glück. Wir sind noch am Leben. Und gesund. Nicht einmal Zehen und Finger sind erfroren. Meistens haben wir etwas zu essen. Was wollen wir mehr? Manchmal wandern wir die halbe Nacht. Das verschafft uns einen Vorsprung. Nachts ist die Straße beinahe leer. Tagsüber sind vor uns nur noch die kaiserlichen Garden, ein paar halbwegs intakte Regimenter, vielleicht Polen, die einigermaßen gut bewaffnet sind, und solche wie wir, die möglichst nahe an den Garden sein wollen, weil die sich die herumschwirrenden Kosaken vom Hals halten. Auch ein württembergisches Regiment soll dabei sein.

Hinterdrein kommt die hungrige, demoralisierte Masse der geschlagenen Grande Armée. Dort ist das Chaos.

Gelegentlich finden wir etwas abseits auch Holz und Essbares.

Ein Kalb liegt von Schnee verdeckt neben einem Brunnen. Konrad Klara entdeckt den Hügel. Er hat eine Nase für solche verborgenen Schätze. Das Kalb riecht sauber und unschuldig. Es ist rechtzeitig und vollständig erfroren.

Nicht weit weg davon biwakieren Popen. Recht vertrauenerweckende Männer. Zumindest sehen sie friedlich aus. Sie sitzen um ein mittleres Feuer herum. Ein paar daneben liegende Holzstücke garantieren eine warme Nacht. Zu essen haben sie nichts. Jedenfalls ist nichts Essbares zu sehen. Das ist günstig. Wir dürfen selbstverständlich ans Feuer. Wegen des Kalbes. Die Männer sind gar keine Popen. Sie gehören zu einem badischen Regiment. Die Messgewänder haben sie aus einer Kirche gestohlen. Wegen der Kälte. Da ist alles recht, was warm macht. Wer kann es ihnen verdenken?

Es wird eine wundervolle Nacht. Schade, dass die Fleischsuppe und der Kalbsbraten nicht gesalzen sind.

Bis in die frühen Morgenstunden hinein schlafen wir an dem gastlichen Feuer. Das tut gut. Es gibt auch unter den rauen, verwahrlosten Soldaten anständige Menschen. Die vermeintlichen Popen am Biwakfeuer sind solche braven Leute. Sie stehlen nur Konrads Messer, nicht unsere Pelze und die ebenso lebensnotwendigen Stiefel. Wir bekommen von ihnen sogar etwas geschenkt. In unsere Pelze sind über Nacht die kleinen Tierchen eingezogen, die den Eigentümer ununterbrochen mit ihren Bissen kitzeln und Blut saugen.

Die Tage und Nächte gleichen einander. Sie finden auf und neben der Heerstraße statt. Mit etwas Glück gibt es Pferdefleisch, warmes Schneewasser und ein Feuerchen für die Nacht. Auch unser Schuhwerk hält zusammen. So haben wir nur selten nasse Füße.

Über Nacht ist es wieder wärmer geworden. Der Schnee verdreckt und die Schritte werden kurz und schwer.

Der Druck der Russen verstärkt sich. Ununterbrochen schwärmen Kosaken um die verdorbene Grande Armée herum und zerstören vollends die erbärmlichen Reste. Nur noch die kaiserlichen Garden und ein paar frische polnische Regimenter bleiben ungeschoren.

Plötzlich staut sich der Flüchtlingsstrom. Heftiger Kanonendonner ist zu hören. Ein zerstörter Ort. Es ist kein Durchkommen. Einschläge von Haubitzenkugeln. Aufgeschreckte Menschenhaufen wogen hin und her.

Auch Konrads Onkel und die Exzellenz stecken mit ihrer Chaise in dem Chaos. Sie sind also noch nicht viel weiter gekommen als wir. Es geht nicht vor und nicht zurück.

»Blitz! Donner!«, flucht der Oberst. »Da bist du ja

wieder.« Konrad Klara kämpft mit Ellenbogen, Knien und Füßen. Er will zu seinem Onkel. Es ist kein Durchkommen. Die Pferde schlagen aus Angst um sich. Männer schreien und schieben und mühen sich aus dem Knäuel. Der Oberst will gerade aussteigen und sich zu seinem Neffen durchzwängen, da schlägt sie ein, die Kugel. Sie zerstört die Chaise, die Pferde und die eingepelzte Exzellenz.

Wir erschrecken.

Konrad Klara steigt über Leichen und schreiende Verwundete. Dem Onkel ist nicht mehr zu helfen. Seine Beine liegen zerschmettert daneben. Aber er lässt sich Zeit mit dem Sterben.

»Blitz! Donner!«, sagt er zu seinem Neffen. »Das war mindestens eine Siebenpfünder. Melde mich ab!«

Dann ist es vorbei.

Und Konrad Klara weint wieder. Obwohl er seinen Onkel nicht besonders gemocht hat.

Sein Herz ist bei der Geburt zu weich geraten. Es wird nie hart werden.

31

Wieder stockt die Fluchtarmee. Kein Durchkommen.

»Die Beresina ist das Hindernis!«

»Ein Weib?«

»Nein, natürlich nicht.«

»Die Beresina ist ein größerer Fluss. Der hat angeblich keine Brücken mehr. Die Russen haben sie verbrannt.«

»Drüben ist man einigermaßen in Sicherheit.«

»Also nichts wie hinüber!«

»Wie denn?«

»Über das Eis!«

»Das Eis trägt nicht. Es ist zerbrochen.«

»Bleibt nichts anderes übrig als Brücken zu bauen!«

»Will man! Wenn es die Russen gestatten.«

»Man wird sie so lange aufhalten müssen.«

»Der Napoleon guckt schon danach. Er muss ja selbst hinüber. Angeblich führt er die Russen an der Nase herum. Mit einem Scheinmanöver hat er sie abgelenkt und nun baut er heimlich zwei Brücken. Genau hier.«

»Das muss aber schnell gehen, bevor die russische Armee ankommt. Die Ersten sind schon da, mit ein paar Kanonen. Wenn sich die erst einschießen …«

So oder ähnlich unterhalten sich ein paar zerlumpte sächsische Offiziere.

Von einem Hügel aus schießen die Russen aus schweren Haubitzen.

Konrad Klara und ich sind unter eine Fichte gekrochen. Wir drücken uns an den Stamm. Konrad Klara horcht auf die Gespräche der Sachsen. Er kann nicht alles verstehen. Französisch wäre leichter für ihn. Die Offiziere ducken sich. Eine Kanonenkugel gräbt in der Nähe ein großes Loch. Die Russen haben einen guten Überblick. Sie schießen auf alles, was sich bewegt. Niemand hindert sie daran. Da ist es gut, unter dem Schirm eines Baumes zu stehen.

Wir machen uns ganz klein.

»Drüben müsste man sein!«, wiederholt einer von den Sachsen. Dabei seufzt er unendlich sehnsüchtig.

»Ich habe von einem General gehört«, macht sich ein anderer wichtig, »dass die Russen mit ganz frischen Truppen heranziehen. Sie wollen dem Napoleon den Rückweg abschneiden. Hier an der Beresina wird endgültig Schluss gemacht mit ihm. Da sitzt er in der Falle.«

Wieder ein Loch! Ganz in der Nähe. Die Russen schießen sich auf den Baum ein. Ob sie Napoleon darunter vermuten?

Wir laufen davon. Auf Umwegen kommen wir weiter unten an den Fluss. Da ist es ruhiger. So weit treffen die Kanonen nicht. Auch die vor den Russen Flüchtenden drängen sich nicht hier, sondern bei den künftigen Brücken. Damit sie schnell drüben sind, wenn die Brücken tragen.

»Beresina ist ein schöner Name.«

»Aber ihr Wasser ist tief und eiskalt.«

Eine mäßig hereingebrochene Wärme hat das Eis zerborsten und unbegehbar gemacht. Manche wollen es nicht wahrhaben. Immer wieder probieren es ein paar. Waghalsige stürzen sich in die eisige Kälte. Sie klammern sich an Balken und Bretter und versuchen ans andere Ufer zu schwimmen. Die meisten kommen nicht einmal bis zur Mitte. Dort erfasst sie der Strom und sie verschwinden zwischen den Eisstücken.

Flussaufwärts bauen Napoleons Pioniere an den Brücken. Die allerletzten Reste der Grande Armée stauen sich in ihrer Nähe. Ungeduldig warten sie auf die Fertigstellung der Übergänge. Sie können nicht vor und nicht zurück und von hinten schieben immer neue Ankömmlinge. Die Russen liegen auf einer Anhöhe im Osten und halten mit Kanonen und Haubitzen mitten in die Wartenden. Es ist eine ungleiche, hilflose Schlacht.

Und auf der anderen Seite des Flusses liegt die Rettung. Wahrscheinlich.

Wo ist Napoleon? Er und seine Garden müssen noch herüben sein. Angeblich lässt er selbst die Brücken bauen. Hoffentlich werden sie bald fertig! Bestimmt wird er sich als Erster hinüberretten.

Die anderen? Wie viele können es sonst noch schaffen? Die Russen werden sich schnell auf die Brücken einschießen. Nur die Allerersten haben eine gute Chance.

Ein Trupp Franzosen reitet am Ufer entlang. Schön und stolz! Wie in Friedenszeiten im Manöver. Ob sie von der kaiserlichen Garde sind? Sicherlich. So prächtige Soldaten gibt es sonst nicht mehr. Die haben etwas vor. Aha, sie wollen von der Seite an den Hügel mit den russischen Haubitzen heran. Um sie von hinten zu erledigen.

Das ist ein tolles Stück! Aber notwendig. Die Kanonen stören den Brückenbau. Das riskante Manöver gelingt. Die Russen sind so überrascht, dass sie ihre Geschütze im Stich lassen und davonrennen. Bevor die Franzosen jedoch alle Kanonen unschädlich machen können, jagt eine Schar Kosaken heran und wirft sie zurück. Dabei werden vier oder fünf Gardisten von Säbeln zerhauen. Deren Pferde laufen eine Weile herrenlos mit. Dann ändern sie die Richtung, traben unentschlossen mal hierhin, mal dahin und bleiben dann stehen.

Herrliche Pferde.

»Die müssten wir haben!« Mein Herz klopft bis in den Kopf hinauf. »Die Pferde!«

Konrad Klara hat den gleichen Gedanken.

»Schnell! Die holen wir uns!«

Auch andere Männer haben die Pferde entdeckt. Von mehreren Seiten eilen sie darauf zu.

Wie durch ein Wunder schaffen wir es. Oder haben mich die Pferde einfach gern? Wer weiß. Jedenfalls kommen sie zutraulich auf mich zu. Schnell suchen wir uns besonders schöne Pferde aus. Dann sitzen wir im Sattel. Wir reiten ein wenig hin und her und schmeicheln uns in das Herz der Tiere.

Zum Jubeln!

»Und nun nichts wie weg!«

»Jetzt müssten wir nur noch bei der kaiserlichen Garde sein!«, wünscht Konrad sich. »Dann hätten wir eine gute Chance, als Erste mit Napoleon über die Brücke zu reiten.«

»Wir sind aber nicht bei der Garde!«

»Du bist ja schon fast ein Franzose. Zumindest trägst du eine französische Uniform.«

»Aber du nicht!«, überlege ich. »Und ohne dich gehe ich sowieso nicht.«

»Denk nach!«, haspelt Konrad Klara. »Dort oben bei den Kanonen liegen tote Franzosen. Mit schönen Uniformen. Wir brauchen nur zwei Mützen und Umhänge.«

Es gibt keine weiteren Überlegungen mehr. Im Galopp jagen wir den Hügel hinauf. Die russischen Kanoniere kehren eben wieder an ihre Geschütze zurück. Sie achten nicht auf die zwei Reiter.

Zu den toten Franzosen! Wir bringen es nicht fertig, ihnen die Umhänge abzunehmen. Zwei Mützen liegen daneben. Die greifen wir uns und reiten dann ganz schnell wieder weg!

32

Die erste Brücke ist fertig.

Der Menschenhaufen davor wogt hin und her. Hörnerklänge! Die Garden sammeln sich. Mit ihren Pferden und Säbeln verschaffen sie sich Platz. Gewaltsam drängen sie die Nachschiebenden zurück. Nur Kanonen und ein paar intakte polnische Einheiten lassen sie an sich heran.

Jetzt ist es an der Zeit!

Wir zwängen uns reitend durch die Masse. Dabei rechnen wir mit dem Respekt und der Angst vor den Garden. Hoffentlich ist das noch so. Ja, die Wartenden weichen zurück. Unsere Gardemützen wirken Wunder.

Konrad bangt. Wenn wir nicht rechtzeitig die Menge durchqueren und Anschluss finden, ist alles vorbei. Nur mit Napoleon und seinen mächtigen Garden kommen wir hoffentlich ungeschoren über den Fluss. Als einzelne Gardisten wären wir machtlos. Kein Mensch würde uns respektieren. Vielleicht würden wir sogar der Wut der Masse zum Opfer fallen.

Es ist so weit. Die ersten Gardisten reiten über die Brücke. Jetzt kommt es darauf an! Welch ein Glück, dass Konrad Klara Französisch spricht. So laut er kann, flucht und schimpft er auf die Menschen ein. Ich ahme ihn nach, stoße aber nur solche Laute heraus, die nicht deutsch und nicht französisch sind. Aber sie zeigen Wirkung. Vor uns bildet sich eine schmale Gasse. Langsam schieben wir uns durch. Die Russen schießen sich auf die neue Brücke ein. Noch ersaufen die Kanonenkugeln daneben im Beresinawasser oder schlagen davor in die Wartenden ein. Aber wie lange noch? Bald werden sie auch die Brücke treffen. Konrad Klara schreit und flucht. Bald haben wir es geschafft. Es ist nicht mehr weit. Ich höre bereits die Pferdehufe der Garde auf den Brückenbohlen poltern. Eine Droschke scheppert darüber. Wahrscheinlich ist Napoleon drin! Vielleicht ist er auch nicht drin und das Gefährt rollt nur zur Ablenkung. Könnte ja sein, dass der Kaiser in einer ganz gewöhnlichen Uniform steckt und inmitten seiner Garden reitet. Kann alles sein! Der Druck auf die Brücke wird immer stärker. Lange können die Gardisten nicht mehr standhalten.

»Attendez! He!« Wir schwenken unsere Gardemützen und schreien. Da werden wir endlich bemerkt. Natürlich denken die Franzosen an zwei verspätete Angehörige. Mit gezogenem Säbel reiten sie uns entgegen.

So kommen wir noch rechtzeitig zur Brücke und mit Napoleons Garden über die Beresina.

Auf der zurückgelassenen Uferseite spielt sich Unbeschreibliches ab. Die ordnenden Gendarmen vor der Brücke werden nach Abzug der Garden einfach in den Fluss gestoßen. Der zusammengepresste Menschenhaufen ergießt sich auf den schmalen Übergang. Jeder will zuerst hinüber. Rücksichtslos drücken und schieben die Soldaten auf den Steg zu. Wer hinfällt, ist verloren. Er wird zertrampelt und von den Nachfolgenden in die Beresina geschoben. Wer neben die Brücke abgedrängt wird, stürzt ab. Die Schreie der Ertrinkenden und Zerquetschten mischen sich mit jammernden Hoffnungsgebeten, mit Flüchen und den Einschlägen der Russenkugeln. Konrad Klara hängt erstarrt auf dem Pferd. Er wischt immer wieder mit der Hand über das Gesicht. Will er die hässlichen Bilder wegscheuchen? So was haben wir noch nicht gesehen. Das ist die absolute Erdenhölle!

Viele tausende ertrinken in den eiskalten Fluten. Die Russen schießen sich auf die Brücke ein.

Wir gehören zu den Glücklichen, die mit Napoleon dem Krieg davonreiten.

In die Freiheit.

Denken wir!

Aber es ist nicht so.

Auf dieser Seite der Beresina gibt es keine russischen Truppen. Noch nicht. Die kesseln am anderen Ufer die Reste der flüchtenden Grande Armée ein und sind gerade dabei, sie zu vernichten. Die große russische Armee ist angerückt und zerquetscht den Feind. Noch lange wummern ihre Kanonen.

Es wird wieder eiskalt. Sibirische Kälte verdrängt die kurze Wärmeepoche der letzten drei Tage. Dabei ist es erst Anfang Dezember. Wie gut, dass wir unsere Pelzmäntel nicht weggeworfen haben. Jetzt sind sie wieder wertvoll, lebensrettend.

Die Garden sind in großer Eile. In fünf Tagen wollen sie in Wilna sein. Wilna ist die einzige größere Stadt, in der es noch eine reguläre französische Besatzung geben soll. Eine Stadt mit allem Drum und Dran, mit anständigen Quartieren und üppig gefüllten Magazinen.

Bei der nächstbesten Gelegenheit trennen wir uns von den Garden. Bevor die Franzosen den Schwindel bemerken. Bislang sind wir ihnen noch nicht aufgefallen. Konrad Klara schärft mir ein, ja kein Wort zu sprechen. Ich soll immer nur auf meinen Mund zeigen und Sprachlosigkeit mimen. Konrads Sprachkenntnisse sind recht gut. Ich bin stolz auf ihn. Zu Hause spricht er angeblich meistens französisch. Wie das beim Adel so üblich ist. Vor allem, wenn Gäste kommen, gibt man sich französisch gebildet.

In der Dunkelheit verschwinden wir, ohne den großen Napoleon gesehen zu haben. Schade, aber auch egal! Die Garde merkt unser Verschwinden gar nicht. Sie hat mit der Kälte zu tun. Die Gardisten reiten gerade kreuz und quer aus, um ein bisschen Holz zu ergattern. Sie nehmen alles mit, was zu finden ist. Ganze Häuser schleifen sie hinter sich her. Sie binden die Balken an ihre Pferde und ziehen sie im Schnee bis zum Biwak.

Wir schließen uns einer Gruppe von Preußen an. Irgendwem müssen wir uns ja anschließen. Das eigene Regiment gibt es nicht mehr. Das letzte Restlein ist wahrscheinlich in der Beresina ersoffen. Die Preußen haben die Nase voll von Napoleon. Ihre Offiziere wünschen ihn zum Teufel. Sie wollen nicht für diesen Wahnsinnigen sterben. Gut beritten und halbwegs bewaffnet, ziehen sie in Richtung Wilna. Größeren Kosakentruppen weichen sie aus, kleinere Einheiten oder bewaffnete Bauern wagen sich nicht an sie heran. Die Preußen haben aber einen großen Nachteil. Ihre Uniformen taugen in der Kälte nichts. Napoleon hat ja nur mit einem kurzen Sommerfeldzug gerechnet, und die Preußen haben sich nicht rechtzeitig mit warmer Kleidung versorgt. Sie wollen kein ziviles Zeug. Das passt nicht zu einer preußischen Uniform. In den kalten Nächten biwakieren sie in abgelegenen Dörfern oder Höfen. Da gibt es meistens ein wenig Holz für ein Feuer. So bleiben ihnen und auch uns größere Erfrierungen erspart. Solange ein Feuer brennt.

Aber der Krieg ist noch nicht zu Ende. Er verfolgt uns auf Schritt und Tritt.

Wer geglaubt hat, dass am diesseitigen Ufer der Beresina das meiste überstanden sei, der wird bitter enttäuscht. Kutusow selbst, der sture russische Marschall, überschreitet die Beresina und zieht mit einem Riesenheer hinter den Geschlagenen her. Da bleibt keine Zeit zum Verweilen und Ausruhen.

Auch wir müssen wieder schneller fliehen. Mit den Preußen geht es uns zu langsam. Die suchen jeden Abend lange nach einer wärmenden Unterkunft. Es gibt aber kaum noch etwas. Die ganze Gegend ist verbrannt und zerstört und das Brennholz wird immer rarer. Aber ohne Feuer sind die Preußen verloren. Die Kälte löscht unbarmherzig alles Leben. Der preußische Hauptmann friert am meisten. Er lässt es sich nicht anmerken, doch liebäugelt er heimlich mit meinem oder Konrad Klaras Pelz. Wir müssen höllisch aufpassen!

In der zweiten Nacht mit den Preußen habe ich einen ekelhaften Traum. Der Krauter ist wieder aufgetaucht. Unglaublich! Dieser Teufel stellt sich hohnlächelnd mitten ins Biwakfeuer und löscht es mit seinem Wasser. Und ganz plötzlich wird es eiskalt. So kalt, dass sogar mein guter, dicker Pelz nicht mehr wärmt. Wenn es mir kalt wird, friert notgedrungen auch Konrad Klara. Denn der liegt ja neben mir. Ein unbändiger Zorn durchzittert mich. Ich will mich auf den Krauter, diesen Missetäter, stürzen. Da werde ich wach. Kein Wasser fließt aus dem Krauter, weil überhaupt kein Krauter da ist. Aber kalt bleibt es trotzdem. Sehr kalt sogar. Kein Wunder! Das Feuer brennt nicht mehr. Der Wachposten ist eingeschlafen und er hat versäumt, die Flammen mit Holz zu füttern. Ich blase schnell in die Glut. Außer ein paar harmlosen, nicht mehr zündenden Fünkchen bleibt die Feuerstelle tot. Doch, in einer Ecke liegt noch ein stärker glimmendes Nest. Konrad kriecht aus den Pelzen. Gemeinsam bitten wir mit sanftem Hauch das bisschen Glut, sich wieder zu entfachen. Mit Mühe und gutem Zureden flackert bald ein wenig Wärme auf die schlafenden Preußen. Aber die Wärme weckt kein Leben mehr. Nur der Hauptmann bewegt sich noch, setzt sich auf und starrt vor sich hin. Die anderen bleiben unbeweglich. Sie lassen sich nicht mehr auftauen. Doch. Einer springt plötzlich auf, stelzt in die Nacht hinaus und schreit. Der ist sicherlich wahnsinnig geworden. Er kommt nicht mehr zurück.

33

Nach vier Tagen kommen wir in Wilna an. Die Franzosen sind schon fort, die Magazine völlig leer, die Leute feindlich. Was die Garden nicht mitnehmen konnten, haben die Bewohner geplündert. Nur wer sehr viel Geld hat, bekommt was zu kaufen. Wir haben kein Geld.

Nach einer zitterkalten Nacht an der Stadtmauer sind die Pferde weg. Das Lederzeug, mit dem wir sie festhalten wollten, war einfach durchschnitten. Die Pelzmäntel hat man uns nicht gestohlen. Anderntags schlüpfen wir in einer Vororthütte unter. Eine alte Frau hat Mitleid mit uns jungen Burschen. Es ist einigermaßen warm in der Hütte und wir schlafen auf Vorrat. Nach zwei Tagen werden wir von der alten Frau geweckt. Aufgeregt gestikuliert sie mit Händen und Füßen und macht deutlich, dass die Vorhut der russischen Armee bereits am anderen Ende der Stadt einzieht. Da wird es allerhöchste Zeit, dass wir weiterflüchten.

Aber es ist schon zu spät. Die Kosaken haben die Stadt eingeschlossen. Die Schlupflöcher sind zu. Wilna ist zur Falle geworden. Die Häuser liegen voller maroder und verstümmelter Soldaten. Vor ihrem Abzug haben die Franzosen ihre Verwundeten zwangsweise in die Häuser eingewiesen. Jetzt entledigen sich die Bürger dieser Last. Man wirft sie einfach zum Fenster oder zur Tür hinaus. Das Elend ist unbeschreiblich.

Wir haben unsere Gardemützen verbrannt. Vom Hörensagen wissen wir, dass die Kosaken die Franzosen nicht mögen. Überhaupt und auch wegen des Brandes ihrer geliebten Hauptstadt. Napoleon trägt in den Augen der Russen die Schuld für Moskaus Brand. Da scheint es uns nicht ratsam, in der gehassten Uniform erwischt zu werden. Die alte Frau ist wie eine gute Großmutter. Sie gibt uns Hemden, Hosen und Kittel. Alles ist zu klein. Vielleicht hatte sie früher Söhne oder Enkel, denen das Zeug passte. Die Hosenröhren reichen gerade bis unter die Knie. Da wickelt die Alte einfach Leinenfetzen um die nackten Beine. Wie zwei dreckige, wasserscheue Halbwüchsige sitzen wir neben der Frau, als die Kosaken das Haus nach Feinden durchsuchen. In der ärmlichen Holzhütte ist anscheinend nichts zu beanstanden. Die Armut ist zu auffällig und wir jungen Burschen sehen nicht wie feindliche Soldaten aus. Glücklicherweise haben die Kosaken die wertvollen Pelze nicht gesehen oder beachtet. Sonst hätten sie ja merken müssen, dass das eine nicht zum anderen passt.

Wir fühlen uns bei der russischen Großmutter geborgen und behütet.

Die Welt benimmt sich total verrückt! Es geschehen Dinge, die würde niemand für möglich halten.

Plötzlich sind sie wieder da. Konrads edle Araber. Unverkennbar! Direkt an der Hütte rasen sie vorüber. Diesmal sind sie vor einen Schlitten gespannt. Sie jagen wie wahnsinnig aus Wilna hinaus. Auf dem Schlitten sitzt ein einzelner Mensch. Der Krauter! Bestimmt ist er es. Er haut mit der Peitsche auf die Pferde ein. Ab und zu schaut er sich um. Da sehen wir den Grund, warum der Schlitten so rasch dahingleitet. In immer kürzer werdendem Abstand verfolgt ihn eine Horde Kosaken. Langsam, aber sicher holt sie auf. Sie kommt ihm immer näher.

Aufgeregt beobachten wir die Verfolgungsjagd. »Das ist sein Ende!«, sage ich. »Hoffentlich kriegen sie ihn!« Es klingt recht gehässig. Und ich meine es auch so gehässig. Das gönne ich dem Krauter. Konrad Klara fügt traurig hinzu: »Das ist auch das Ende meiner Pferde!«

In wilder Jagd rasen sie über die weiße Fläche vor der Stadt. Voraus der Schlitten und hinterher die Kosaken.

Einige der Kosaken überholen den Krauter. Wahrscheinlich wollen sie ihn von vorne stoppen. Beinahe gelingt es ihnen auch. Aber der Schlitten rast weiter. Die Pferde bekommen die Peitsche übergezogen. Der Vorsprung wird wieder größer. Es ist ein prächtiges und doch bedrückendes Schauspiel. Ein Wettkampf.

»Meine Pferde!«, schimpft und lobt Konrad Klara anerkennend. Die Kosaken geben nicht auf. Wieder rücken sie an den Schlitten heran. Ganz nahe! Sie nehmen den Krauter in die Zange. Jetzt gibt es kein Entkommen mehr für ihn.

»Bravo!«, rufe ich.

»Schade!«, bedauert Konrad Klara.

Aufstäubender Schnee von der anderen Seite. Ein Reitertrupp! Größere Pferde. Jedenfalls keine Russen. Gibt es hier doch noch ein paar gut bewaffnete Franzosen?

»Polen!«, weiß Konrad Klara.

Die Kosaken drehen ab. Wahrscheinlich wollen sie wegen eines Schlittens keinen Kampf riskieren. Bestimmt holen sie jetzt Verstärkung. Das dauert eine Weile. Bis die kommt, ist schon alles vorbei. Die Polen und der Schlitten mit dem Krauter bewegen sich nur noch als kleine Pünktchen am Horizont. Sie sind nicht mehr einzuholen.

Konrad Klara freut sich, dass seine Pferde den Kosaken entkommen sind. Sogar dem Krauter gönnt er die gelungene Flucht. Wahrscheinlich kann er nicht richtig hassen. Nicht einmal den Krauter. Ich bin enttäuscht.

34 Wilna ist dicht, die Russen lassen niemanden rein und niemanden raus. Vorerst sind wir nicht in Gefahr. Aber wie lange noch? Das kann sich von einem Tag auf den anderen ändern. Die alte Frau wird uns zwar weder verraten noch hinauswerfen, aber wir müssen ja von etwas leben. Wir haben keine Vorräte und kaufen können wir auch nichts. Das karge Wenige, das die liebenswerte Alte besitzt, dürfen wir ihr nicht weiter wegfuttern.

Schon zweimal haben wir die Flucht probiert. Wir sind gleich wieder umgekehrt. Ohne Erfolg. Rund um die Stadt patrouillieren die Russen. Da ist keine Lücke und kein Durchkommen. Auch nachts nicht. Der Himmel ist seit einigen Nächten blank und der Mond um eine Hälfte zu groß. Er beleuchtet die weite Schneefläche um die Stadt. Da gibt es kein Durchmogeln. Jede Veränderung wird auf der weißen Fläche sofort entdeckt. Wir bräuchten schnelle Pferde, um aus der Stadt zu kommen.

Wir überlegen hin und her. Was können wir tun, um unser Essen selbst zu besorgen? Arbeiten? Ohne Russisch zu können? Das geht wohl nicht. Da würden wir sofort als untergeschlüpfte Feinde oder, was noch viel schlimmer wäre, gar als Spione erkannt werden. Das würden wir nicht überleben. Betteln? Die meisten Leute haben selbst nichts und die etwas haben, geben Bettlern nichts. Bleibt nur das Stehlen.

»Nicht schon wieder!«, trotzt Konrad Klara. »Ich mag das Stehlen nicht! Lieber hungere ich!«

»Der feine adelige Pinkel ist sich wohl zu fein zum Stehlen«, sage ich im Zorn. »Wo kriegen wir denn sonst etwas her? Von was sollen wir leben? Da können wir nur noch zugrunde gehen.«

»Was sagst du zu mir? Adeliger Pinkel?«, Konrad Klara ist beleidigt.

»Ja! Adeliger Pinkel!«, wiederhole ich aufgebracht.

Daraufhin gibt ein Wort das andere und so kommt es zwischen uns zum ersten Mal zu einem größeren Schweigen. Den ganzen Tag lang schweigen wir uns an. Wir gehen uns aus dem Weg, soweit das in der kleinen Hütte überhaupt möglich ist. Am späten Abend ist der größte Zorn verraucht. Wir ertragen und vertragen uns wieder. Dann ziehen wir aus, um Brot, Rüben oder sonst was zu stehlen. Der eine dahin, der andere dorthin. Mit leeren Händen kommen wir zurück. Stehlen unter schwierigen Umständen muss anscheinend gelernt sein. So einfach geht das nicht. Konrad Klara kann es überhaupt nicht, und auch ich habe kein besonderes Talent dazu. Wilna ist ausgeplündert, und die Leute, die etwas haben, behüten ihr Hab und Gut sorgfältiger als ihre Seele. Da gibt es für einfache Diebe nichts.

Was nun?

»Wir müssen raus aus Wilna.«

»Unbedingt!«

»Aber wie?«

Die alte Frau merkt unsere Ratlosigkeit. Sie legt ihre faltige Stirn in noch tiefere Falten, denkt eine Weile nach und klappert dann mit Mund und Füßen das Getrappel von Pferden. Weil wir recht zweifelnd gucken, macht sie mit ihrer rechten Hand die anscheinend international gebräuchliche Bewegung des Stehlens.

Kurze Überlegung.

»Ja schon, aber?«

»Natürlich! Wir müssen Pferde stehlen.«

Zum Glück gibt es in Wilna mehr Pferde als Brotlaibe. In allen Ställen, Scheunen, Bretterbuden, ja unter Dachvorsprüngen stehen sie. Die Stadt ist voll Kosaken und anderer russischer Reiterregimenter. Da gibt es mehr Pferde als Runkelrüben.

Sogar Konrad Klara hat nichts gegen diese Art des Stehlens. Schließlich ist das kein Diebstahl, sondern eine Kriegshandlung. Wir würden lediglich Soldatenpferde erbeuten. Das ist nicht unehrenhaft.

Noch in derselben Nacht wagen wir den Durchbruch. Es ist nicht ganz so hell. Der Mond hat sich eingenebelt und der Schnee leuchtet deshalb etwas schwächer, aber immer noch reichlich gut. Trotzdem! Entweder oder! Uns bleibt keine andere Wahl. Schweren Herzens essen wir noch einmal bei der alten Frau. Irgendeinen Körnerbrei und ein Stück Brot. Dann küssen wir die Frau auf die Wangen. Wie eine Mutter!

Nicht weit weg finden wir zwei gute Pferde. Die stehen in einer offenen Remise. Da kann man sie leicht wegführen. Vor den Pferden liegt ein größeres Büschel Heu, also sind sie auch nicht hungrig. Sie haben sich offensichtlich schon satt gefressen. Das ist gut, denn wer weiß, wann sie wieder etwas zu fressen bekommen. Sättel finden wir nicht. Schade. Aber lange herumsuchen ist zu gefährlich. Jeden Moment kann jemand nach den Pferden sehen und uns erwischen.

Ich nehme mir das kleinere Pferd. Leise einschmeichelnd rede ich mit ihm. Daraufhin probiere ich gleich das Aufsitzen. Ich bin als Junge schon öfter auf einem blanken Rücken gesessen. Konrad Klara tut sich etwas schwerer. Er hat immer nur ein gesatteltes Pferd unter dem Hintern gehabt. Aber auch ihm gelingt es.

Vorsichtig reiten wir an den Stadtrand. Dort galoppiert gerade eine Patrouille vorbei. Unachtsam und sorglos unterhalten sich die Kosaken. In einem kleinen Abstand folgt schon die nächste Patrouille. Also los! Wir mogeln uns zwischendurch. Zuerst langsam und dann ganz schnell. Wir haben wieder Glück. Zwar werden wir gesehen und verfolgt. Aber unser Vorsprung reicht. Irgendwann geben die Verfolger auf. Die günstige Nacht verschluckt und versteckt uns.

35

Eiskalte Tage und Nächte folgen. Der immer gleiche Hunger nagt und die gleiche unbarmherzige Kälte plagt. Wir verlieren uns in diesem fast menschenleer gewordenen Land. Wenn nur die Richtung einigermaßen stimmt. Sonne und Sterne weisen sie. Es gibt nichts Aufregendes mehr. Kein Scharmützel, keine Heldentaten, keine Begegnung mit Kosaken, es gibt nur den gleich bleibenden Kampf um unser bisschen Leben, für einen warmen Schlafplatz, Nahrung und Futter für die Pferde. Hoffnung und Mut, das Ende hinauszuschieben, den Tod nicht an uns herankommen zu lassen.

Einer allein könnte das nicht schaffen. Welch ein Glück, dass es uns beide gibt. Dass uns irgendein unerklärlicher Zufall zusammengeführt hat.

»Du bist wie ein Bruder!«, schwärmt Konrad Klara.

»Na ja!«, ergänze ich lachend. »Nur kein so wohlgeborener wie du!«

»Lass das Wohlgeboren sein!«

Wir haben ein gemeinsames Ziel. Die Heimkehr. Die Heimat ist ja gar nicht mehr so weit, mit jedem Tritt kommen wir ihr näher. Noch tausend Kilometer oder so. Aber auf ein paar mehr oder weniger kommt es auch nicht an.

Die Welt ist groß, so unheimlich groß, dass man sich

leicht darin verlaufen und verlieren kann. Und doch ist sie manchmal winzig klein. Da treffen wir tatsächlich wieder auf den Krauter.

Sonderbar. Wie der Eiswind ein paar frische Birkenblätter von wer weiß woher weht, so kreuzen sich noch einmal unsere Wege. Zum letzten Mal.

Seit ein paar Stunden haben wir Russland hinter uns. Im polnischen Gebiet ist nicht alles kaputt. Da sind der große Hunger und auch das ewige Frieren vorbei. Es gibt wieder vereinzelt Bauernhöfe mit Scheunen und Ställen. Die Nächte werden erträglich, in Stroh eingegraben oder beim Vieh im warmen Stall. Die Polen sind gastfreundlich und helfen, wenn sie können. Das Leben wird wieder menschlicher.

Die Russen haben sich nicht lange aufgehalten. Es gab keinen Widerstand mehr und so sind sie schnell weitergezogen. Hinter dem Napoleon her. An uns irgendwo vorbei.

Wir suchen den Gutshof mit dem goldblonden Mädchen. Dort, wo wir auf dem Anmarsch übernachtet und gefrühstückt haben. Mir läuft es wohlig über und unter die Haut, wenn ich nur daran denke. Das gute Essen und, ja natürlich, auch das Mädchen.

Wir durchqueren ein Moor. Da könnte es sein, wo ich damals so Bauchweh hatte. Diesmal ist es nicht so gefährlich. Ein Tritt daneben kostet kein Leben. Das Eis verhindert das Versinken. Jetzt müsste der Wald aufhören. Weiter draußen in der Ebene hätte dann das Gut mit dem blonden Mädchen zu liegen. Natürlich sieht im Winter alles anders aus. Und die Birkenwälder sind sich sowieso ganz ähnlich. Es ist also nicht leicht, das in die Einsamkeit gedrückte Gehöft wiederzufinden. Trotzdem suchen wir weiter. Da kann es sein, dort kann es sein, überall kann es sein.

Das Moor ist zu Ende. Aber das Gut mit dem strohblonden Mädchen liegt nicht dahinter. Es ist also ein anderes Moor. Die Birken und Tümpel und die Schneeflächen sehen alle gleich aus.

Schon geht es auf den Abend zu. Wir machen uns Sorgen, dass wir die Nacht im Freien verbringen müssen.

Wölfe heulen. Es muss ein ganzes Rudel sein. Ihnen ist nicht zu trauen. Sie sind ausgehungert. Angeblich fallen sie dann auch Menschen und Pferde an. Wir werden um die Wölfe herumreiten. Aber wo sind sie?

Vor uns liegt etwas Dunkles zwischen Bäume gezwängt. Die Wölfe? Es ist etwas Größeres. Vielleicht ein Unterschlupf oder Brennbares. Dann finden wir nur einen kaputten Schlitten. Die Pferde fehlen. Wahrscheinlich war der Fuhrmann total besoffen und er hat das Fahrzeug falsch dirigiert.

Wir sind neugierig und reiten zu dem Schlitten hin. Die Wölfe verdrücken sich unwillig.

Der Schrecken fährt in uns. Ein fast nackter Mann liegt auf dem Schlitten. Konrad Klara erkennt ihn zuerst.

Der Krauter ist es. Er kauert vor dem Sitz, fahl und tot, krumm und bis zu den Knochen durchgefroren. Nur im Hemd liegt er da. Sogar die Schuhe hat man ihm ausgezogen. Wo ist sein zusammengeraubter Reichtum geblieben? Nicht einmal eine Hose für seine Blöße hat er mehr.

Sonderbar. Froh bin ich nicht, dass der Krauter tot ist, ich bin nur erleichtert. Und plötzlich ist mein Hass weg. Nun kann mich der Krauter nicht mehr drangsalieren. Nie mehr. Nicht mit Dreckpfützen, tausenden Pferdeäpfeln und ausgelatschten Schuhen. Jetzt hat er alle Macht über mich verloren. Wie er so weit weg von allem Leben reglos im Schlitten liegt, tut er mir fast ein bisschen Leid.

Wir kippen den Krauter in den Schnee und stülpen die Reste des Schlittens über ihn. Wegen der Wölfe. Mehr können wir nicht tun.

Konrad Klara seufzt. An was denkt er? Ob ihm das steif gefrorene ehemalige Leben so nahe geht? Oder möchte er gerne wissen, was aus seinen schönen Arabern geworden ist?

Still reiten wir in den hereinbrechenden Abend. Ich bringe den Wachtmeister nicht aus meinem Kopf hinaus. Noch mehrmals schaue ich mich um. Nein, jetzt ist er wirklich nicht mehr hinter uns her. Da heulen nur noch die Wölfe.

Die Pferde ändern ein wenig die Richtung und werden schneller. Riechen sie einen Stall? Tatsächlich! Es dauert auch nicht lange, da funkeln Lichter auf der Schneefläche. Ein Bauernhof liegt vor uns.

Gott sei's gedankt!

Wir werden freundlich aufgenommen, können uns satt essen und in einem richtigen Bett schlafen. Was brauchen wir mehr? Andere Wünsche haben wir nicht.

Der Bauer spricht recht gut Deutsch. Von ihm erfahren wir, dass es in der Gegend momentan keine Kosaken gibt und dass gerade Weihnachten ist.

36

Mit einem kleinen Vorrat an Brot und Fleisch reiten wir anderntags frühzeitig weiter. Es ist immer noch bitterkalt. Solch eine eisige Zeit ist angeblich für Polen recht ungewöhnlich. Der Atem gefriert sofort und es nützt nur wenig, dass wir das Gesicht im Pelz verstecken. Die

Augen vertragen das ewige Weiß nicht. Am besten, man lässt die Augendeckel fallen. Von Zeit zu Zeit ein Blinzler nach außen, ob die Richtung noch stimmt. Ansonsten können wir uns auf die Pferde verlassen. Auch die Pferde haben einen weißen Bart. Sie jagen rauchige Fahnen in die Luft. Der ungewöhnliche Frost über den polnischen Landen nimmt kein Ende.

Der Gutshof mit dem blondzöpfigen Mädchen liegt wohl ganz woanders. Wir geben die Suche auf und reiten ohne Schörkel nach Westen. Nach Hause.

Mitte Januar kommen wir nach Hohensalza. Da hören wir, dass sich die Reste der württembergischen Armee hier gesammelt haben und bereits vor anderthalb oder zwei Wochen in die Heimat weitergezogen sind.

Der Krieg ist endgültig zu Ende.

So kann man sich täuschen. Nein, der Krieg ist immer noch nicht zu Ende.

Wir sind furchtbar müde und erholen uns drei Tage lang von den Strapazen. Eines Nachts sind plötzlich die Kosaken da. Jetzt werden wir doch noch richtig gefangen. Zwar tun uns die Russen nichts, sie nehmen uns nicht einmal die Pferde ab. Aber wir müssen noch zwei Wochen in der Stadt bleiben.

Dann dürfen wir weiter.

Man munkelt, der dicke württembergische König Friedrich habe sich schon heimlich von Napoleon distanziert. Was nützt ihm ein Verbündeter, der seine Kriege nicht mehr gewinnt? Napoleon ist besiegbar geworden. Mit einem Schwächling will unser König nichts zu tun haben. Jetzt gilt es, die von Napoleon geschenkte Königskrone zu erhalten. Dazu muss er sich mit den Starken verbünden. Napoleon gehört nicht mehr dazu. Also ist er plötzlich gegen Napoleon. Vorerst noch heimlich. Man weiß ja nie!

Der württembergische König habe bereits mit dem russischen Zaren verhandelt. Die Zarenmutter ist eine Schwester von ihm. Das macht alles viel leichter. Konrad Klara erzählt so Zeug.

»Pack schlägt sich und verträgt sich!«, sage ich. Den Spruch hat der Großknecht manchmal gesagt. Aber wahrscheinlich passt er jetzt nicht ganz, denn Konrad Klara macht eine beleidigte Schnute.

37

In den ersten Februartagen reiten wir bei Mergentheim über die württembergische Grenze. Wir sind wieder in unserem Königreich, fast zu Hause.

Da bekomme ich so ein Kribbeln im Kopf und ein Ziehen in der Brust. Es ist kein hungriges Magenreiben, wie vor großen Ereignissen. Ich kann mich überhaupt nicht freuen. Weil ich wieder zu Hause bin und bald meinem Bauern gegenüberstehen werde. Davor habe ich die meiste Angst.

Bei Konrad Klara ist das ganz anders. Er freut sich auf seine Heimat, auf Mutter, Geschwister und Vater, halt auf sein Zuhause.

Ich kann hin und her überlegen, wo bin ich denn daheim? Bei dem Bauern, der mich nicht haben will? Ich hänge nicht mehr an meinem Dorf, auch nicht am Land.

Ein Faden Wehmut zieht vom Kopf bis in den Bauch hinunter. Eigentlich nur wegen Konrad Klara. Ich weiß, dass jetzt etwas zu Ende geht. Mit uns zwei. Bald wird jeder wieder seine eigenen Wege gehen. Einer ohne den anderen. Er in seiner wohlgeborenen Welt, ich in meiner einfachen in irgendeiner Knechtskammer. Vielleicht sollte ich Konrad Klaras Kopf noch einmal in meine Arme nehmen und ihm sagen, dass es sonst niemanden gibt, den ich so mag. Worte allein sind etwas zu wenig, er müsste es auch spüren. Ihm in die Haare hineingreifen oder so ähnlich. Aber das wäre natürlich mehr als verrückt. Der gräfliche Lieutenant und ich! In Russland war das so und jetzt ist es halt so. Ich getraue mich nicht. Mein Kopf ist quälend heiß.

Der Grenzposten führt uns in die nahe Kaserne.

Die Heimat beschert uns keinen freundlichen Empfang.

Ein kleiner Premierlieutenant verlangt Konrad Klaras Säbel. Aber der hat ja keinen. Schon lange nicht mehr. Dann wird er wie ein Arrestant abgeführt. Ich in die andere Richtung.

Wir sind auseinander. Konrad Klara will mir noch etwas sagen, aber der kleine Premierlieutenant schiebt ihn rücksichtslos vor sich her.

Ich könnte heulen.

In einem leeren Stall sitze ich neben ein paar zerlumpten Soldaten. Die mustern mich neugierig. Müde fragt einer: »Russländer?«

»Ja! Du auch?«

Er nickt nur apathisch.

Ich bin so einsam, ohne Konrad Klara.

Später werde ich von einem geschniegelten Stabshauptmann penetrant befragt. Wie und wo ich in Russland gewesen sei, wie meine Oberen hießen, warum ich nicht bis zum Ende gekämpft habe, weshalb ich vor dem Feind ausgerissen wäre, wo ich denn jetzt noch herkäme? Die letzten Russländer seien schon vor Wochen zurückgekehrt.

Ich frage ihn, wo er in Russland gewesen sei.

Er wird fuchsteufelswild und brüllt mich an: »Noch so eine Frechheit und ich arretiere Ihn!«

Da unterdrücke ich meinen Zorn und antworte brav: »Die Kosaken haben mich zum Schluss noch gefangen genommen.«

»Das hat Er nicht dürfen!«, zürnt mir der Mergentheimer Stabshauptmann.

»Was habe ich nicht dürfen? Wenn die Frage gnädigst erlaubt ist.«

»Sich gefangen nehmen lassen!«

»Ich habe mich ja nicht gefangen nehmen lassen. Mein Herr Lieutenant und ich sind gefangen genommen worden.«

»Das ist dasselbe und gar nicht gut. Seine Majestät hasst Feiglinge und er bestraft alle, die in Gefangenschaft waren.«

»Ja, warum denn?«

»Was soll die Frage? Werde Er nicht frech!«

Nach einer Weile des Schweigens fügt der Herr Stabshauptmann hinzu: »Unsere Majestät der König schätzt nur siegreiche Soldaten.«

In mir rast riesiger Zorn hin und her. Ist das der Lohn für die Teilnahme an dem mörderischsten Krieg, den es je gegeben hat? Für ein Jahr schlimmster Not und Entbehrungen? Aber das sage ich nicht. Das würde sicherlich Majestätsbeleidigung und Hochverrat sein.

Ich könnte dem Herrn Stabshauptmann an die Gurgel springen. Und seiner Allerhöchstderselben, der dicken Majestät, auch.

Ich frage nach dem Lieutenant Graf Lämmersdorf. Das ginge mich nichts an und außerdem wisse er es nicht.

Wo mag mein Konrad Klara jetzt sein? Und wie geht es ihm? Wird er auch so schmählich behandelt?

Ich werde wieder in den Stall zurückgebracht. Die anderen Russländer sehen meinen Zorn.

»Reg dich ab!«, tröstet einer mit dreckigen Lumpen um die Füße. Er kratzt ununterbrochen daran.

»Erfroren!«, sagt er, weil er meinen Blick bemerkt.

Von ihm höre ich auch, dass von den mehr als fünfzehntausend württembergischen Soldaten, die mit Napoleons stolzer Grande Armée nach Russland aufgebrochen waren, nur dreihundert zurückgekehrt sind. Und die meisten sind kaputt, mit erfrorenen Zehen und Fingern und für immer verdorben. Sogar Kannibalen soll es unter ihnen geben. Die haben ihre toten Kameraden gegessen. Fünfzehntausend sind erstochen, erschlagen worden, erfroren, verhungert oder ertrunken.

»Das ist der Preis für die Königskrone unserer dicken Allerhöchstderselben Majestät«, klagt der mit den erfrorenen Füßen. »Aber das darf ich natürlich nie und nimmer sagen«, fügt er leise und sich vorsichtig umsehend hinzu.

Mit einem Bagagewagen werde ich nach Ludwigsburg gefahren. Dort untersucht mich ein Regimentschirurgus. »Seltsam!«, wundert sich der. »Das ist fast nicht zu glauben! Der Mann ist nur unterernährt. Ein paar Tage anständiges Essen und er ist wieder diensttauglich.«

Mir wird gleich eine hellblaue Uniform verpasst. Eine Korporalsmontur. Woher weiß man, dass ich Korporal bin? Ich habe es nicht gesagt. Es hat mich auch niemand danach gefragt. Irgendwer muss es irgendwo angegeben haben, dass ich in Moskau befördert worden bin. Ob es mein Lieutenant war? Wahrscheinlich! Anders kann es gar nicht sein. Woher sollten die in Ludwigsburg es sonst haben?

Wenn ich nur wüsste, wo der Konrad Klara ist. Dann wäre mir viel wohler.

»Der König braucht wieder Soldaten«, munkelt man in der Kaserne hin und her. »Napoleon fordert angeblich schon wieder eine Armee von ihm.« Sogar Offiziere murren es zornig hinter vorgehaltener Hand. »Und wo soll die Armee herkommen?«

Ich gehöre zu einer neu aufgestellten Fußartilleriekompanie. Deshalb habe ich wieder so eine unpraktische Uniform bekommen! Da kann ich immer waschen, weil das hellblaue Zeug dauernd dreckig ist. Die Stiefel sind gut. Sie drücken kaum, und wenn sie besser eingelaufen sind, werden sie sogar recht bequem sein. Auf jeden Fall friert es mich nicht an den Zehen.

Funkelnagelneue Sechspfünder stehen in den Kanonenschuppen. Ich brauche sie nicht polieren. Den Wachtmeister Krauter gibt es nicht mehr und ein Korporal putzt nicht. Auch die Pferdeäpfel auf dem Kasernenhof können bleiben, wo sie sind. Unwillkürlich rieche ich an meinen Fingern. Aber sie stinken nicht.

Ich würde mich gerne eine Weile ausruhen. Das geht wohl nicht.

Was krabbeln und ein Gewehr halten kann, wird in ein schnell zusammengewursteltes Regiment hineingestellt. Der König hat sonst nichts mehr. Alles ist in Russland kaputtgegangen. Alle Pferde und Kanonen und die Soldaten auch.

So verschiebt sich das Wiedersehen mit meinem Bauern. Ich bin gar nicht böse, denn mir läuft es sowieso heiß und kalt den Buckel hinauf und hinunter, wenn ich nur daran denke. Was wird der Bauer sagen, wenn er mich sieht? Bestimmt hat er keine Ahnung, dass ich unter den dreihundert Überlebenden bin.

Manchmal wandere ich kreuz und quer durch das große Kasernengelände, schaue hierhin, gucke dorthin, schlendere um den Offiziersbau herum. Aber Konrad

Klara sehe ich nicht. Er wird in einer anderen Kaserne sein. Schade! Hoffentlich ist er nicht krank geworden.

Ein kleines bisschen Frühling scheint vom Himmel herab. Die Luft ist frisch und leicht, jung und sauber und neu. Eigentlich müsste jetzt jeder Mensch so richtig froh sein. Dass der Winter fast vorbei ist und alles von vorne beginnen kann. Wie schön die Welt ist! Kein Kanonendonner mehr, keine zerschmetterten Leiber am Straßenrand, keine Tümpel mit Dreckwasser, keine brennenden Städte und Dörfer, keine klirrende, mordende Kälte!

Aber mein Herz ist überhaupt nicht leicht. Es hängt immer noch viel Russland daran. Wenn ich nur wüsste, warum das so ist und wie ich das wieder loskriege.

Und außerdem muss ich oft an Konrad Klara denken.

38

Es schneit wieder, aber recht harmlos. Die Kälte tut nicht weh.

Das Leben ist erträglich. Ich habe anständige Kleidung, es gibt eine warme Suppe, genügend Brot und manchmal auch ein Stück Fleisch. Nachts kann ich wieder einigermaßen schlafen, ohne dass mich dauernd die Leichen wecken. Ab und zu schreie ich angeblich wie ein Wahnsinniger. Aber das wird immer seltener. Ich lebe wieder in einer normalen Welt. Jeden Tag rückt Russland ein Stück weiter weg. Ganz werde ich es wahrscheinlich nicht mehr los.

Neue Rekruten kommen in die Kaserne. Sie werden immer bartloser und schmächtiger. Ich muss bei der

Ausbildung mithelfen. Weil es fast keine Wachtmeister mehr gibt, und die Sechspfünder schießen nicht von allein. Demnächst soll ich trotz meiner Jugend Wachtmeister werden. Dabei weiß mein Stabshauptmann noch gar nicht, wie alt ich wirklich bin. Eigenartig. Auf einmal bin ich kein Feigling mehr, so einer, der ohne Sieg aus Russland zurückgekehrt ist. Man sagt, dass unser dicker König jetzt ganz anders redet. Wir heimgekehrten Russländer seien nun doch keine Feiglinge. Weil er alle braucht, deren Füße und Finger nicht ganz erfroren sind. Vielleicht hat er sich mittlerweile überlegt, dass der große Feldherr Napoleon schließlich ja auch nicht gesiegt hat.

Unter meinen Rekruten ist ein mickriger Bursche aus der Nachbarschaft von meinem Bauern. Er wundert sich, dass ich nicht Feuchter, sondern Bayh heiße. Und noch mehr wundert er sich, dass ich am Leben bin. Wo es doch im Dorf heißt, dass ich in Borodino von einer Kanonenkugel gänzlich aus der Welt geräumt worden wäre. So erzählt der junge Rekrut. Mein Bauer sei nicht mehr ganz richtig im Kopf, seit sein Einziger, der Georg, plötzlich an Halsbräune gestorben ist, an stinkgewöhnlicher Halsbräune. Die Bäuerin habe dann im Spätsommer das Zeitliche gesegnet. Das war zu viel für den Bauern und er sei jetzt quasi immer neben der Kappe. So erzählt der Rekrut aus meinem Dorf.

Wie der Bauer denn neben der Kappe wäre, frage ich den Rekruten. »Na ja! Er spinnt halt. Er arbeitet nichts mehr, läuft über Wiesen, Äcker und durch den Wald und sucht seinen Sohn Georg und den Jungknecht Adam.«

»So, so!« Mehr will ich dazu nicht sagen.

Das ist ja schrecklich! Am Anfang lache ich schadenfroh. Dann werde ich nachdenklich und traurig. Ich habe den Bauern einmal wie meinen Vater mögen. Aber er hat mich so furchtbar enttäuscht. Das kann ich ihm nicht vergessen. Natürlich hat er eine Strafe verdient. Auch ohne Königlichen Richter ist er gerichtet. Und trotzdem tut er mir Leid.

39

Schon zwei Monate später ziehe ich auf Befehl meines Königs wieder in den Krieg. Es geht nach Norden, vorerst nach Würzburg, wie man hört. Dort sollen sich unsere Regimenter mit Napoleon und seiner neuen Armee treffen. Gegen wen der Feldherr diesmal kämpft, weiß niemand so recht. Vielleicht nochmals gegen die Russen, vielleicht auch gegen seine früheren Verbündeten, die Preußen. Bei Napoleon weiß man das nie. Er hat angeblich alle Männer zusammengekratzt, die noch marschieren und ein Gewehr halten können.

Langsam bewegen wir uns nach Norden. Besonders eilig scheinen wir es nicht zu haben.

Am zweiten Abend biwakieren wir in einem kleinen Dorf.

Der Stabshauptmann und die zwei Lieutenants sind im Schloss einquartiert. Damit sie ordentlich essen und in einem Bett schlafen können. Offizieren steht das zu.

Ich will mich in dem Ort ein wenig umsehen. Feinde gibt es hier keine. Wir sind ja schließlich noch im eigenen Königreich. Meine Sechspfünder ist sicher abgestellt, vom Straßendreck gesäubert, gegen Regen oder Schnee abgedeckt, die Wachen sind eingeteilt. Da darf ich wohl eine Erkundung machen.

Es gibt nur eine einzige Straße im Dorf. Daran liegen ein paar einfache, alte Häuschen. Die gehören sicher alle zum Schloss. Eine Kirche sehe ich nicht, nur ein Gasthaus, einen »Hirschen«. Darin ist einiges los. Vielleicht gibt es einen anständigen Wein. Nicht nur so ein billiges Gesöff, das alles zwischen Mund und Wasserablauf zusammenzieht. Ein Viertel werde ich probieren.

Die halbe Artillerie drängt sich in dem kleinen niedrigen Raum. Ein miefiger Dreck hängt zwischendrin. Das Zeug ist nicht zu atmen. Die Soldaten husten und reden von Krieg und Weibern. Von was sollen sie sonst reden? Es gibt ja nur Krieg. Der Wein ist auch nichts. Da ist der schöne Abend zu schade. Lieber gehe ich noch zweimal im Dorf auf und ab oder ich schaue mir das Schloss an.

Das Schloss ist leicht zu finden. Nicht weit von den letzten Häusern versteckt sich zwischen uralten Linden ein großer dunkler Kasten mit zwei Türmen und etlichen Erkern. Ein Falke segelt aus der Mauer. Fast gruselig sieht das alles aus. Über einem ausgetrockneten Graben liegt eine bemooste Zugbrücke. Ob sie noch funktioniert? Die Sonne sollte richtig scheinen. Dann wäre das graue Gemäuer vielleicht sogar schön.

Drei Buben und eine hübsche Halbwüchsige kommen über die Brücke. Neugierig warten sie, wer der Ankömmling ist.

»Kein Offizier, nur ein Wachtmeister!«, sagt das Mädchen verhalten. Aber ich höre es doch. Dann sprechen die Kinder französisch. Das ist nicht die feine Art. Ich verstehe nichts mehr.

»Nein!«, sage ich zu ihnen. »Ich gehöre nicht zu den Geladenen. Eigentlich wollte ich mich nur ein wenig im Schlosshof umsehen. Aber das muss nicht unbedingt sein.«

Ich will umdrehen, denn ich habe eine Scheu vor dem adeligen Haus.

Die Kinder kommen näher heran. Sie unterhalten sich wieder.

»Er kann ruhig über die Zugbrücke gehen«, werde ich angesprochen. »Da braucht Er keine Angst zu haben. Die hält schon mehrere hundert Jahre. Und im Schlosshof kann Er sich auch umsehen. Wenn Er will.«

Meine Stiefel poltern auf den Bohlen der Brücke.

Das Mädchen und den größeren Jungen habe ich bereits irgendwo gesehen. Meine ich. Das ist natürlich Unsinn. Von woher sollte ich sie kennen? Ich war ja noch nie hier. Trotzdem.

Der kleinste Bub ist neugierig. Er schaut mich groß an, packt meinen Daumen, schüttelt ihn. »Hast du Läuse und Wanzen?«, fragt er ungeniert.

Das große Mädchen zieht ihn weg und schimpft: »Sei nicht so ungezogen!« Zu mir sagt sie entschuldigend: »Er meint es nicht bös. Alle Soldaten, die zu uns kommen, befragt er so.«

»Macht nichts!«, beruhige ich das Mädchen. »Heute habe ich keine Läuse mehr. Aber vor einigen Monaten hatte ich einen ganzen Pelz voll.«

»Wie mein Bruder!«, sprudelt es aus dem Kleinen. »Der hatte auch einen Pelz voller Läuse. Als er aus Russland kam.«

»Sei still!«, fordert das Mädchen den Buben auf.

Mir wird plötzlich ganz heiß. Ich muss stehen bleiben. Kann das sein? Natürlich kann es sein. Deshalb kommen mir die beiden Kinder bekannt vor. Die Ähnlichkeit mit Konrad Klara.

Heiser vor Aufregung frage ich: »Bin ich hier in Lämmersdorf?«

»Ja freilich!«, sagt der Kleine selbstbewusst. »Ja freilich!«

»Heißt euer Bruder vielleicht Konrad Klara?«

Dieses Mal antwortet mir das Mädchen. »Woher weiß Er das?«

Die Kinder reden aufgeregt miteinander. Französisch.

Der Kleine packt mich wieder am Daumen: »Dann bist du der erste Mensch!«

Das Mädchen schiebt ihn weg.

»Sei nicht so ungezogen!«, tadelt sie ihn und zu mir sagt sie entschuldigend: »Er meint Adam und Eva.«

»Unser Bruder Konrad Klara hat so viel von dir erzählt!«, sprudeln die Kinder durcheinander.

Die Großen schieben mich durch den Torturm in den Hof hinein, die Kleinen tippeln links und rechts.

Im Chor rufen sie: »Der Adam und Eva ist da!«

Ein mehrfaches Echo stößt sich von den Wänden ab. Türen schlagen.

»Wer ist da?« Ein tiefe Männerstimme. Dann eine Frauenstimme: »Wer ist da?«

Plötzlich die fragende Stimme Konrad Klaras aus einem Fenster weiter oben: »Adam Eva?«

»He! Konrad Klara!«, rufe ich zurück, und ich erschrecke vor mir, weil in meinem Ruf so viel Jubel ist.

Eine Weile ist es ganz still. Die drei Artillerieoffiziere gucken zur Tür heraus, sind aber gleich wieder drin. Wahrscheinlich essen sie gerade.

Die Kinder packen mich wieder an den Armen und ziehen mich quer über den Hof. Der Kleinste hält sich an meinem Daumen fest. Alle wollen mich etwas fragen und mit mir plaudern.

Ich habe auf einmal gar keine Angst mehr vor dem adeligen Haus.

Türen gehen auf und zu. Leute strömen auf den Hof.

Ein paar Fackeln werden angezündet.

»Vater und Mutter!«, sagt das Mädchen. Ich werde zu einem Mann und einer Frau hingezogen. Der Mann gibt mir die Hand. Sicherlich Konrad Klaras Vater. Die Frau schaut mich lange an. Konrads Mutter? Bestimmt. Sie kommt ganz nahe, ihre Augen prüfen meine Augen. Sie braucht lange in der anbrechenden Dunkelheit. Ich glaube, sie will mich umarmen.

Aber da steht plötzlich Konrad Klara vor mir. Er ist blass und grau. Nur seine Augen haben Leben und blitzen vor Freude.

»Du gehörst ins Bett!«, protestiert die Mutter ängstlich.

»Aber Mama!«, wehrt er sich.

»Er ist sehr marode«, sagt der Vater. »Das Russland hat ihn schrecklich zugerichtet. Aber jetzt wird er langsam wieder. Er braucht seine Zeit.«

Konrad Klara sieht nicht gut aus. Ich bin traurig, dass er krank ist, und gleichzeitig froh, dass ich bei ihm bin. Gerne würde ich ihm zeigen, dass ich ihn mag. Dass er für mich mehr ist als nur ein Kampfgefährte in einem langen hässlichen Krieg. Aber ich weiß nicht, wie ich das machen soll. Ich könnte ihm auf die Schulter klopfen oder seine Haare strubbeln oder ihn umarmen oder ihn ganz arg an mich drücken. Wie gerne würde ich das tun. Ihn an mich drücken. Nein, das geht natürlich nicht. Allein der Gedanke jagt mir das Blut in den Kopf. Das schickt sich nicht, vor seinen Eltern und den Geschwistern und dem Personal.

Dann brauche ich mich mit solchen Gedanken nicht mehr herumzuplagen.

Konrad Klara kommt ganz nahe an mich heran, langt an meine heißen Ohren und zieht meinen Kopf an seine Brust.

Mir ist so wohl dabei und ich vergesse die adelige Welt um mich herum.

Dann komme ich wieder zu mir. Natürlich will ich ihm nicht zeigen, wie weich meine Seele ist, und damit er das ja nicht merkt, stottere ich so trocken wie möglich: »He! Euer Wohlgeboren Konrad Klara! Bist du's überhaupt? Mir fällt auf, dass du nicht mehr stinkst.«

Es wird mäuschenstill. Habe ich was Falsches gesagt?

Da lacht Konrad Klara und dann lachen die Eltern, die Brüder und die Schwester und alle herumstehenden Knechte und Mägde.

»Er lacht sich gesund!«, freut sich die Mutter.

Es wird ein schöner Abend, der schönste in meinem Leben.

Als ich anderntags mit meiner Sechspfünder weiter in den Krieg ziehe, kommt mir der recht eigenartige Gedanke, dass ich erst gestern auf die Welt gekommen und wahrscheinlich gar nicht der Adam Feuchter, sondern Konrad Klaras Bruder bin.

40

Es hat sich herumgesprochen, dass der schmächtige, blutjunge Wachtmeister bei der Sechspfünder-Kanone ein echter Russländer ist.

Da meinen sie mich.

Ich werde bestaunt, weil ich in Moskau war und trotzdem noch lebe.

Immer wieder werde ich gefragt, wie dieses Russland denn wirklich ist.

»Groß wie der Sternenhimmel!«, antworte ich dann. »Unüberschaubar weit und es drückt verdammt schwer auf der Seele herum! Aber vor Russland liegt noch Polen und dort gibt es das hübscheste Mädchen der Welt und das hat die schönsten strohgoldenen Zöpfe.«

Aufbruch aus der Stille der Wälder

Henning Mankell
Die Reise ans Ende der Welt
192 Seiten/ab 14
ISBN 3-7891-4219-0

Solange er zurückdenken kann, hat der fünfzehnjährige Joel mit seinem Vater, einem wortkargen Holzfäller, in einem Nest hoch oben im Norden gelebt. Seine Mutter hat ihn verlassen, als er noch ganz klein war, und sein Vater wollte nie von ihr erzählen. Doch jetzt ist es Zeit, dass er sie kennen lernt, und die beiden machen sich auf den Weg nach Stockholm. Einen Tag und eine Nacht sind sie unterwegs und für Joel ist es ein Aufbruch aus der Stille der Wälder in den Lärm und die Hektik der Großstadt ...

Ausgezeichnet mit dem August-Strindberg-Preis
Bestenliste von DR/Focus

Oetinger